公民，不服從！

梭羅最後的演講

!?

Civil Disobedience & Life without Principle

by Henry David Thoreau

作者 亨利·梭羅
譯者 劉粹倫

!!!!!!!
??????

序／管中祥

洗腦與無腦

梭羅，這位在社會運動圈具有「導師級」份量的人物，曾移居到離家鄉康科德城不遠處，在優美的瓦爾登湖畔，嘗試過一種簡單的隱居生活。

移民到鄉村隱居，相信是許多厭倦在都市生活的人常有的夢想，我，也不例外。在高雄出生、成長，住了廿年，在臺北讀書、教書廿二年，習慣都會節奏的我，兩年前舉家南遷，搬到嘉義民雄開始「鄉間」生活。

以前住在永和樂華夜市旁，在這個全世界人口密度最高的繁華小城，想吃什麼就有什麼，走兩步路不只有好幾家便利店、大賣場，還有KTV、連鎖書店、速食餐廳、百貨公司。滿滿的人潮，從來不覺得孤單；四通八達的捷運，一不小心就滑到另一座高樓聳立的叢林。

搬到民雄，並不習慣，除了幾個人潮稍多的聚落，一眼望去盡是鳳梨。想買個東西，雖可在村子裡的小店解決，但若是不經意想起了欲望城市裡的種種美好，還得驅車到幾十公里外的百貨商城，才能找回遺忘在城市裡的心靈。

這種焦慮是短暫的，不到幾個月，我們已把民雄當作真正的家。因為，突然發現臺灣的天空原來這麼美麗，白雲可以隨意，彩虹可以任性，還有，人跟人相處竟然不用心機。

最神奇的是，欲望起伏會隨著身體的移動而變化，一向是「3C控」的我，喜歡蒐集科技新品，一到臺北總覺得好多新玩意、新配件得趕快買，奇妙的是，每次一回到嘉義，卻猛然發現，這些酷炫東西都是多餘。

臺北的天空離我越來越遠，住在鄉村，有時彷彿過著遺世獨立的生活，幻想著帝力於我何有哉。

然而，幻想終究只是幻想，許多時候，我們即使只想簡簡單單、安安穩穩按著心中的價值過生活，恐怕並不容易。你想遠離怪獸，但怪獸卻總是追著你跑，就好像梭羅，只是想淡淡定定地對得起自己內心小宇宙的小正義，表達心中累積已久小不爽，拒繳人頭稅，就被逮捕入獄。

這個例子有其時代背景，繳稅是好公民應盡的義務，不繳稅就是破壞了社會的遊戲規則，被抓去關也只是剛好而已。況且不繳稅，政府就沒有錢，沒有錢，就沒有健保、沒有教育、沒有軍備、沒有建設，政府也無法運作。一旦政府不能運作，我們就失去醫療、失去教育、失去建設、失去保護，我們就流離失所、無家可歸，成為漂流在海上的難民。

但問題就在這裡，我們繳稅是為了能過更好、更穩定、更簡單的生活，如果達不到，我們還是要繳稅嗎？

其實，更多時候，你真的只想做個規規矩矩的好公民，按照政府訂好的遊戲規則來走，但天總是不從人願。

你想安安穩穩的種田度日，但政府卻突然強徵土地，把怪手開進你家稻田；你想平平靜靜地守著祖先的老厝，但政府卻更新你的社區，讓怪手強拆你家；你想認認真真地工作，安穩度過餘生，但工廠卻故意惡性倒閉，政府也不想幫你；你只是開開心心的和朋友在街上閒晃，警察卻控告你強姦殺人，政府讓你蹲了廿一年的苦牢。你愛好和平，政府卻要用你的錢強購軍備；你愛好自然，政府卻要用你的錢破壞山林——你有你的所愛，但政府未必愛你愛的。

可是，就算是這樣，除了偶爾的小抱怨，難得採取的小革命，得到了一些小確幸，大部份的時間你也不會想太多。你甘願謹守著政府強加給你的遊戲規則，過著自以為幸福的小日子，從不質疑這規則到底合不合理！

為什麼會這樣？因為政府會用盡各種方法幫你洗腦、讓你無腦，讓你死心塌地愛上他。

相信比「六年級」還資深的人，一定看過偉大的蔣公被逆流而上的鱒魚激勵到成為總統的故事；也一定知道吳鳳曾經一度是犧牲性命教化原住民從良的一代偉人。那個時候，學校告訴我們看到國旗要立正，看到銅像要敬禮，看電影前要先唱國歌，作文結論一定要硬扯上反攻大陸，如果不說「國語」就要被罰五塊錢。

這樣的黨國思想教育，其實也不是新鮮事，中國第一位皇帝秦始皇不就大舉焚書坑儒，漢武帝也罷黜百家，獨尊儒術；日本人統治臺灣時，只讓臺灣人學農、學醫，絕不讓你碰政治。而香港回歸中華人民共和國後，也計劃推行德育與國民教育，告訴人民「共產黨是進步、無私與團結的執政集團」，要求學生要「為自己是中國人而高興」，要求「教師如發現學生對國家民族的感情不太強烈時，不要批評，並接納其表現，但仍請學生為此作自我反省」。不論古今中外，政府總是有志一同，目的無他，就是不要你知道太多、想太多，幫你洗腦，讓你無腦。

不只政府，媒體也通常是和政府站在一起幹同樣的事。

記得唸小學時，有天學校突然廣播：五、六年級的同學請到操場集合。於是，一群青春無邪、善良純真的小孩被老師帶到附近的二輪戲院，觀看愛國大戲《英烈千秋》。這不是什麼校外教學，而是集體「洗腦」，那幾年臺灣常常與其他國家「斷交」，只要政府和人家「切八段」，電視及戲院就會不斷重播可歌可泣、教忠教孝的愛國電影。

當然，現在的政府不會愚蠢到用這樣的手法騙取你的效忠，相反的，在資本主義時代，是用金錢來換取你的真心。政府每年大量的新聞置入性行銷，將宣傳化為新聞，利用你對新聞的信任，用你的錢洗你的腦，更狠一點的，還會「收買」名嘴，用客觀公正包藏禍心。

除了偶爾會看到少數的深度報導，大部份的電視新聞總是製造對立、侵犯人權、內容腥羶、膚淺無腦；電視裡，行車紀錄器和YouTube畫面、藝人臉書與微博的言論當道，新聞瑣碎、重複到讓人看過即忘的地步。有時好不容易報導一下國家大事，卻被簡化成二元對立，讓兩邊的支持者腦袋生煙，根本忘了為啥而吵。長期下來，因為新聞政治化、娛樂化、無腦化，讓人離公共事務越來越遠，新聞媒體也成了滋養極權主義再起的溫床。

面對這樣的窘境，你當然可以像香港一樣來個十多萬人上街的「反國教洗腦運動」，也可以在臺灣搞個「反媒體壟斷、反媒體無腦大遊行」，轟轟烈烈、熱熱鬧鬧大幹一場。但我猜，如果梭羅活在現在的臺灣，在你東搞西搞之前一定會先大聲斥喝：先關掉讓人腦殘的電視機吧！走出電視，走入鄉間，別讓自己的腦袋被雞毛蒜皮的事攻陷，要了解永恆，認認真真地聽自然的聲音。

如果，你就這樣以為梭羅是那種要你拒絕媒體、隱入鄉野，當個不問世事的假文青，那就大錯特錯了。高喊「公民不服從」的梭羅，雖然要我們別隨著瑣碎的新聞起舞，但更要提醒我們，壓迫就和魔鬼一樣，藏在各式各樣的細節裡，無孔不入，我們需要嚴肅以對，在日常生活裡具體戰鬥，這樣才能對抗洗腦加無腦。

寫到這兒，也讓我不由得想起剛搬到中正大學教師宿舍時看到的感人畫面：有位年輕的教授帶著孩子在校園裡無憂地嬉戲，伴著斜陽、迎向微風，心想，人間最美的風景也不過如此，然而，為一切美好而感動時，心裡卻突然尖叫一聲：「X（消音）！國立大學的老師要革命是不可能的啦！」是的，過太爽，就算不被洗腦，也可能變得無腦！

！管中祥，中正大學傳播系副教授，長期關心媒體改革與人權議題，專長領域為傳播政治經濟學、另類媒體、草根行銷、文化行動主義。

13 12

導讀／馬萬利

廿一世紀必修的生活哲學

獨居湖畔的梭羅（Henry David Thoreau, 1817-1862），今天幾乎是家喻戶曉的人物。在會議裡，在論文中，在畢業典禮上，甚至是婚禮上——儘管梭羅終身未婚，人們對他的那些話頻頻徵引，頗為得意。

不少人都同意，梭羅是「美國的第歐根尼（Diogenes）」；中文讀者甚至會聯想到陶淵明。實際上，梭羅本人從不以「隱士」自詡；後世學者也發現，梭羅「旅居」湖畔的兩年多時間裡，不時有愛默生等人造訪。他說：「我到林中去，因為我希望過一種審慎的生活，只面對生命中最本質的事物，看看我能否掌握生活的教誨，不要到臨終才發現，其實我沒有活過。」（《湖濱散記》）

應當說，梭羅是多面的。美國學者康拉德（Randall Conrad）描繪了梭羅的五副面孔：哲學家與藝術家、發明家、激進的反奴隸制者、公共事務活躍份子、不息的生命之河。今天的環境主義者為梭羅又加了第六副面孔：環保先驅，此言不虛。

中國知識份子崇尚「進有孔孟，退有老莊」。這本書裡，〈公民不服從〉與〈無原則的生活〉凸顯了梭羅「一進一退」的兩副面孔，二者交相輝映，讓我們讀到梭羅進退之間的智慧與從容。

！！！

〈公民不服從〉寫於一八四九年，與梭羅本人此前的納稅風波有關：

一八三九年，梭羅的名字被列入康科德鎮的納稅人名單。

一八四〇年，梭羅的名字被列入「第一教區」納稅人名單，他拒絕繳納，被威脅要坐牢，好在有人替他繳了稅。梭羅要求將自己的名字從教會納稅人名單上除去，得到了同意。

一八四二年，梭羅停止繳納人頭稅。

一八四六年七月二十四或二十五日，在從瓦爾登湖返回鎮上修鞋的途中，梭羅被鎮警斯坦普斯（Sam Staples）逮捕，在牢裡關了一夜。第二天有人替他繳了稅款後，梭羅獲釋。

中文語境裡的讀者或許納悶，公民納稅乃是天經地義的事情，梭羅為何如此離經叛道？

實際上，梭羅並非第一個以身試法的人，拒稅坐監早有先例可循。一八四〇年，有個叫奧爾科特（Bronson Alcott）的人拒絕繳納人頭稅，三年後被捕，關在後來梭羅被關的同一所鎮監獄裡。奧爾科特只被關了兩個小時，替他納稅的人叫豪爾（Samuel Hoar）。

十九世紀初，新英格蘭地區興起了「不抵抗運動」，著名的廢奴鬥士加里森（William Lloyd Garrison）創立了「新英格蘭不抵抗協會」。該協會的宗旨不僅反對個人和國家的任何暴力，而且反對任何與這種暴力的合作。在他們看來，在一個擁有常備軍、常備警察或者監獄的國家裡擔任公職，就是與暴力合作。因此，一個人不應該做這樣的官員，不應該在這種國家裡參與選舉，不應該加入這樣的國家或教會，不應該納稅。

奧爾科特的拒稅行為以及「新英格蘭不抵抗協會」有助於我們理解梭羅的拒稅和入獄。在〈公民不服從〉中，梭羅解釋說：「我不懂為什麼要教師繳稅來資助牧師的生活，而不是牧師繳稅來資助教師的生活？……公民講堂應該把稅單拿出來，要求國家、教會支付他們的開銷。」

至此我們很容易明白，梭羅不承認教會有權對自己徵稅，要求教區將自己的名字從納稅人名單上除去，幸運的是，他的這一要求最後得到了認可。同樣，梭羅也不承認鎮政府有權對自己徵收人頭稅，所以停止繳稅，但不幸的是，此舉引來了一夜之獄，雖毫髮無損，但心生不平。於是，就有了〈公民不服從〉。同情乎？合理乎？讀者自有品味。

???

在〈沒有原則的生活〉中，梭羅沈吟道：「先讓我們思考一下自己的生活方式。」這篇演講首次發表於一八五四年，辭世隔年付梓時才有此名。這個標題容易讓人誤解。「原則」一詞原文為principle，含有「原理」之意。「沒有原則的生活」，其實意為「喪失生活本來意義的生活」，即，那種「以金錢為第一目標的生活」，這是梭羅所不齒的。

〈沒有原則的生活〉印證了梭羅「簡單些，再簡單些」的人生格言，也可以說是梭羅的生命絕響。美國學者哈丁（Walter Harding）在紀念梭羅百年誕辰時說：「〈沒有原則的生活〉寥寥幾頁，卻道出了梭羅哲學的精華所在……它是純粹的超驗主義，是對追隨內心之光的呼喊。」另一位美國學者肯比（Henry Seidel Canby）說：「〈沒有原則的生活〉是梭羅『消極』人生觀的精華所在。這位美洲土撥鼠般的梭羅，不斷磨礪自己的牙齒，直到它們成為粉齏。」

沒有原則的生活醜態百出，梭羅列舉了這方面形形色色的眾生相，讓人讀罷捧腹，又心生同情。那麼，什麼是「有原則的生活」呢？讀者自然也可以通過閱讀這篇文章去體會、去發揮。有趣的是，美國今天有一個團體名叫「有原則的生活」（Life with Principle），旨在弘揚和踐行梭羅的「原則」，我們可以從中略窺一二：

「聽那不同的鼓聲」；

「3A」生活，即覺醒（Awake）、認知（Aware）和活力（Alive）；

審視蠅營狗苟的生活；

活在社會；

活在自然；

直面卑微與莊嚴。

熱愛獨處的梭羅不願意鼓動他人，但他的影響力穿越時空；甘地、馬丁路德·金恩，甚至托爾斯泰都受到他的感召，這已是共識。今年（二〇一二年）是梭羅逝世一百五十週年，五月六日是這位先哲的忌日；七月，美國「梭羅學會」（Thoreau Society）在瓦爾登湖地帶組織為期四天的集會，進行遠足、泛舟和學術討論等活動，引來世界各地「梭迷」的加入和關注。在他們心中，梭羅既是文學典範，又是大眾偶像，他的身後蘊藏著豐厚的真知灼見，為今天喧囂世界的人們帶來安寧。美國當代著名的文化學者、哈佛大學教授彼爾（Lawrence Buell）預言，「梭羅這位人物在廿一世紀會比在廿世紀時更啟發大眾、激勵人心」。

這兩篇文章不是梭羅作品的全部，導讀也深恐淪為誤導。本文根據「梭羅學會」官方網站的眾多鏈接材料，輔以本人有限的閱讀，或譯或撰而成，引文未一一標明出處。不當之處難免，讀者諸君當「聽那不同的鼓聲」，不為本文所誤。

馬萬利，畢業於北京師範大學歷史學院，歷史學博士。曾任美國賓州大學麥克尼爾早期美國研究中心（MCEAS）訪問研究員。現為大連理工大學教授，主要研究方向是西方思想文化史，近些年致力於學術譯介，有多部譯著問世。

公民不服從！

一八四八年一月廿六日梭羅在康科德公民講堂演說〈個人對政府的權利與責任〉（*The Rights and Duties of the Individual in Relation to Government*），這場演講的內容就是現在這篇文章的原型。一八四九年以〈反抗公民政府〉（*Resistance to Civil Government*）為題，把講稿發表在美國教育家皮芭蒂[1]創辦的《美學期刊》（*Aesthetic Papers*），可惜這本期刊只發行創刊號就停辦了。梭羅辭世四年後出版的梭羅選集《美國人在加拿大：反蓄奴與改革論文》（*A Yankee in Canada, with Anti-Slavery and Reform Papers*）便收錄了這篇文章，題名為〈論公民不服從的責任〉（*On the Duty of Civil Disobedience*）。我們不知道梭羅是否用過「公民不服從」這個詞，但如今只要談到這個概念，就不能不講到梭羅，而這篇文章爾後被大家稱作〈公民不服從〉。

公民不服從
!!!!!!!!!

「政府管得愈少愈好」[2]這句話我由衷贊同，也希望能循序漸進地實現。只要繼續這樣下去，我想最後這句話會變成「政府什麼都不管最好」。等大家都準備好了，什麼都不管的政府就會出現。政府之所以會成立，只是應一時之需；不過，大多數的政府常搞不清楚狀況，而且所有的政府都有辦事不力的時候。如今，反對常備軍[3]的聲浪日益高漲，這股民意理當漸漸成為主流，而且可能會演變成反政府的聲音。原本常備軍是政府的武裝配備，而政府乃是人民選出來當作行使自身意志的唯一管道，無奈，政府跟軍隊一樣，很容易在還沒執行人民的意志之前就先濫權，導致弊端叢生。最近發生的美墨戰爭[4]就是一例。這場戰爭是少數人公器私用的結果，要是人民作主，當初就不會同意用這種手段處理問題。

眼前這個美國政府是沿襲舊制，歷史雖短，但很努力想把它好好地傳給後代，然而在過程中卻逐漸喪失誠信。這個政府沒有活人的意志與力量，因為只要隨便一個人就可以恣意擺佈它。人民把政府當成裝飾用的木槍，不過，這枝木槍也並非全然無用。我們之所以有政府，是因為想聽見結構複雜的機器嘎嘎作響，覺得好像有個政府在替自己做事。政府之所以存在就表示：人民只想到自身的利益，所以很容易被政府掌控，甚至自願上當——不可否認，「政府」這種設計真的很高明。實際上，這個政府一直沒有什麼作為，只是不務正業，更樂得輕鬆：既沒有捍衛國家自由，也沒有解決西部問題，更不曾教育人民。美國人民固有的性格造就了眼前的一切，若非政府不時從中作梗，其實能做到的更多。有政府是權宜之計，這樣大家自掃門前雪就好，然而政府也因此更不會為人民著想。美國的經貿除非是用西印度群島產的橡膠[5]製成的，不然哪來的彈力跳過議員設下沒完沒了的障礙？如果不考慮這些議員投票的動機，純粹從立法的影響來看，他們真的應該跟惡意破壞鐵軌的人歸為同類，接受處罰。

話雖如此，我這個公民不會那麼不切實際，和那些自稱無政府主義的人一個樣兒[6]。我不主張廢除政府，但要求政府要立即改善；如果每個人都說出自己尊敬的政府形態，我們就更有機會擁有像樣的政府。

畢竟，人民一旦當家作主，多數人就能夠長時間地主導大局——不是多數人的想法比較正確，也不是這樣對少數人最公平，而是多數人佔了「多數決」的優勢。因此，我們也不難理解，要是政府做事都是多數人說了算，正義就無所依歸。有沒有哪個政府裡面是多數人憑著良心做事，而不是依賴表象評斷是非對錯？多數人只決定眼前需要變通的問題就好，而不是決定國家的百年大計？難道公民完全不能要求議員憑良心做事嗎？那良心是用來幹麼的？我認為，我們應該先學會做人的道理，再來才是當個好國民。政府教育人民要尊重法律、法律即正義，此舉實不可取。人民唯一的義務是：無論何時，都只憑良心做事。雖然組織本來就沒有良知可言；但若成員有良心，那麼組織就會有良知。我們要知道，法律不會讓人更講道義，每每因為遵守法律，人民反而淪為不義之事的幫兇。不適當地尊重法律，自然會導致這種下場：整隊軍人，上從將軍、團長、統帥，下至下士、小兵、火藥手浩浩蕩蕩，翻山越嶺，違背自己的意願、判斷跟良心投入戰場，也因此舉步維艱，於心不安。這些人也愛好和平，很清楚戰爭只是份內的工作，但是，他們在戰場上有被當作是人嗎？還是被某些寡廉鮮恥的當權者，當成機動性的小型彈藥庫跟堡壘？如果去參觀海軍造船廠，請仔細看看這批美國政府打造的海軍陸戰隊，人性完全被泯滅，雖然有血有肉，但看起來就像活死人，雖說戰死沙場只是早晚的事，然而哀樂已響起：

沒聽見鼓聲，沒奏哀樂，
他在城牆邊倒下，我們繼續前進，
沒有戰士，
在我們的英雄墳前，
鳴槍致意。[7]

像是國軍、義勇軍、獄卒、警員、地方自衛隊等許多冒著生命危險為國家服務的人，都命如草芥，被當成機器人。他們往往不得自主或訴諸良知，只能把自己當成木頭、泥巴、石塊，或如傀儡般任人擺佈。這些人就如稻草人或一抔土，無法博得尊重，被當成畜牲，卻是公認的好國民。其他像是議員、政客、律師、大官、吃公家飯的人只管打如意算盤，毫無道德判斷力可言，殊不知可能在無意中就把魔鬼當作上帝來侍奉。極少數的英雄、愛國者、烈士、改革家與志士仁人仍憑著良心為國服務，卻因為反對國家大部份的政策，所以經常樹敵。聰明人不會背著良心，甘作傀儡或替人「堵住洞口遮遮風」[8]，他們無論如何都會掛冠而去，因為

我出身高貴，不附屬誰，
片刻也不願受人操控，
也不願為世上的主權國家
所操縱或擺佈。[9]

沒想到大家竟把全心全意為同胞奉獻的人當作是無用的自私鬼，把好行小惠的叫恩公或善人。

我們要怎麼面對今天這個政府？跟它扯上關係真的很令人慚愧。我一刻都無法把這個政治組織視為我的政府，因為它也是奴隸的政府！

人人都清楚知道自己有權利革命，意思是，當我們再也無法忍受政府的暴政或無能時，可以不支持，進一步加以反抗。然而，絕大部份的人認為現況並不符合革命的條件，只有一七七五年美國革命[10]的背景才構成革命的要件。但是如果有人跟我說，政府針對某些進口商品課稅[11]，所以政府很爛，我大概也會不以為然，因為就算沒有這些舶來品，我也不會死。任何機器的內部都會有摩擦，摩擦的好處是可能會抵消內部的弊端；然而只要內部有人引起騷動，就會被當成大壞蛋。只是，摩擦一旦大到讓機器停擺當機，內部出現壓迫與掠奪，我想，這部機器也該報廢了。換句話說，如果有個誓言捍衛自由的國家，國中人口竟有六分之一是奴隸；或是有個國家讓外國軍隊登堂入室，迫使全國受軍法統治，面對這些狀況，仁人志士也該起義了。此時，反抗更是刻不容緩，因為不是我們的國家被入侵，而是我們的國軍侵犯了別人[12]。

裴利是一般公認道德問題的權威，他在〈服從公民政府的責任〉一章中表示，公民所有的責任都是以「利己」為出發點；他還說：「只要是為了社會的整體利益，現存的政府不能順從民意做出改變的話，就不必服從這樣的政府，這是上帝的旨意。根據這個原則，我們可以估算反抗是否都符合正義：正義與否，一方面取決於人民承受的風險跟不爽的程度；另一方面是政府重新調整的可能性跟要付出的代價。」[13]裴利認為每個人都該自行判斷是非對錯。裴利顯然從未想過，人民或個人可能會不計代價地伸張正義，這時候「利己」就說不通。比方如果有人快要溺水了，而我違背良心硬搶了他的浮木以自活，雖是利己，卻不符合正義，所以就算我會滅頂，也必須把浮木還他，只是這在裴利看來並不妥當。我則認為：雖然自己想活命，但是在這種狀況下，為了正義也只能一死[14]。依此準則，美國人民必須停止蓄奴，不再入侵墨西哥，哪怕民族面臨危急存亡之秋，也只能成仁取義。

各州政府都認同裴利的觀點；但是有誰認為麻州處理現今危機的方法是對的？

國內的娼妓，
蕩婦身著金縷衣，
欣然撐起裙擺，
玷污自己的靈魂。[15]

事實上，反對麻州改革的不是無數南方的政客，而是這裡無數的商人跟農場主人，他們只關心經濟跟農業，不考慮人道問題，無論代價大小，都不準備為奴隸與墨西哥伸張正義。跟我起爭執的敵人並非遠在天邊，他們就近在眼前。他們跟遠方的敵人聯手合作，言聽計從，若不是這些人，敵人也無法傷害我們。我們習慣把事情進展不順利，歸咎於大眾還沒準備好要改變；但是實際改革的速度如此緩慢，是因為少數人也沒聰明到哪裡去。雖然多數人沒有像你那麼善良，但這不是你要關心的重點，因為只要良善沒有雜質，就會在社會中漸漸發酵。[16]美國有成千上萬的人反對蓄奴與戰爭，卻沒有人把想法付諸實行。這些自稱是華盛頓和富蘭克林等開國元老的傳人，如今卻坐視不管，只說不知道該怎麼辦，雙手一攤就算了。這批人甚至認為，要談自由嗎？等實施自由貿易以後再說。他們吃過晚餐，就默默地看著商品最新報價，一面讀墨西哥的最新報導，雙眼一瞇就夢周公去了。這個時代，良心跟愛國精神都不值錢。這些人支支吾吾，滿嘴遺憾，有時跟政府請請願，但從沒認真做過什麼有用的事。他們樂見別人出面懲奸除惡，自己頂多是投下廉價的一票，擺出一副無力的表情，祝別人好運。一千個人裡面，有九百九十九個人都說做人要講道義，但真正有道義的不過一人。講道義的人還好擺平，半路殺出來的衛道人士反而難搞定。

投票類似比賽，很像在玩跳棋或雙陸棋，有點道德色彩，玩家要在道德問題上選擇對錯，自然要賭上一把。就算自己支持的候選人沒選上，對選民的人格也無傷。大家就各自下注，也不關心自己的選擇是否勝出，讓多數人決定便是。投票是義務，說穿了是圖個方便，就算票是投給正義的一方，也幫助不大，因為會去投票，只是為了要顯示自己實在無能為力。聰明人不會把成敗交給機緣，也不會妄想靠多數人的力量來成事——烏合之眾能成就什麼好事？就算多數人最終贊成廢奴，可能只是覺得這個議題不干他的事，或是以為奴隸制度大勢已去，廢除了也沒差。到頭來，他們才是被奴役的人——以為有選票就等於有自由，以為只有自己的一票最神聖，才能加速廢奴。

我聽說某個總統參選人要在巴爾的摩還是哪裡開會[17]，與會人士多是記者或吃政治這行飯的人。但是能夠獨立思考、受過教育、可敬的人會如何看待這些人達成的決議？其他人的聰明才智跟良知比不上與會人士嗎？不相信有人是經過思考後才去表決的嗎？會議不是有很多人參加嗎？事實不然，因為我發現所謂可敬之人也不可敬了——他對自己的國家很失望，他的國家對他更失望。可敬之人迅速表態支持某位「還可以」的參選人，只表示他很會煽動別人。拿這種人的選票跟無恥的外人或被收買的走路工所投的票相比，都差不多沒價值、沒意義。我有位鄰居說，人就是因為有骨氣才是人。不過，統計數據似乎膨脹了本國人口，雖然我國幅員遼闊，卻沒幾個有骨氣的人，看來這中間出了問題。難道美國沒有讓人安居樂業的誘因嗎？現今的美國人已經沉淪為共濟會[18]的成員，熱愛交際，眾所皆知，顯然缺乏思辨能力跟開朗自立的精神；只關心救濟院的修繕狀況，一副道貌岸然，說是為了照顧鰥寡孤獨才向外界募款，心裡卻孤注一擲，依賴互助保險公司[19]的給付度日，巴望最後能辦一場風光的葬禮。

消滅世間的小奸小惡、大奸大惡，當然不是一個人的責任而已，況且每個人都有自己的事情要忙。不過不作惡是基本的，如果沒有空剷奸除惡，也不要變成幫兇。當我關心某些事或有些想法時，至少先要看看是不是把自己的快樂建築在別人的痛苦上。我必須確保沒有妨礙別人，別人也無須替我承擔，這樣他們才有時間落實個人的想法。看看這中間的矛盾有多大。我聽一些鄉親說過：「如果有人要我去協助鎮壓奴隸暴動，或是前往墨西哥參加戰爭——我可能也不會去。」這些人少說都直接地輸誠或間接地出錢，找代打上場。大家不去反抗引發不義之戰的政府，只會漠視嘲笑自己的行為與權限、讚賞不想打這場仗的士兵；這就像政府有悔意，一做錯事就找人來鞭打自己，不過卻一刻都無法停止犯罪。以秩序制度、公民政府之名，我們終於輸給自己的卑鄙，支持自己的惡行。第一次作惡還會慚愧，之後臉皮就厚了。

從不要臉變成沒良心，這可是在我們這世界的生存之道呢！

最顯而易見的錯誤，只有在最冷漠的人群中才能看到。一般人不太會譴責愛國的舉動，但卻很容易責備高尚的行為。有人雖然不贊成政府的操守與作為，但仍投以愚忠與援助，無疑是最死忠的支持者，只是這批人也往往是改革最大的阻礙。有些人向州政府請願解散聯邦[20]，以便不回應總統的徵用令。這些人幹麼繳稅，直接切斷跟州政府的關係不就好了嗎？他們與州政府的關係，跟州政府與聯邦的關係不一樣嗎？難道人民不對抗州政府的理由，跟州政府不對抗聯邦的理由是一致的嗎？

要是自己的權益受損，誰會只是說說就算了，還樂此不疲？這樣很好玩嗎？如果你的鄰居騙你的錢，你不會就這樣算了，或是跟別人說騙人是不對的，拜託那個人把錢還清就好。你會馬上採取行動，要把被騙的錢都拿回來，然後小心讓自己不再上當。若是行動秉持原則、認知正確、師出有名，就會改變事物的面貌與連帶關係。這樣的行動本質上就是革命，完全擺脫舊事物的創新，這釀成了政教分離，家庭分裂；也讓個體分裂——把邪惡從人類本有的神性中切割出來。

現有的法律並不公平。我們是甘願服從這樣的法律，或應該努力修法，並在修法成功前繼續守法？還是應該馬上違抗？在現今政府的統治下，一般人都認為應該先對多數人進行勸說，改變多數人的想法，若是來硬的，補救的後果會比目前法律所造成的弊端還糟。然而，要是補救了還更爛，那也是政府的問題。政府不是應該通盤考量，預備改革嗎？幹麼不珍惜少數人的智慧啊？為什麼不見棺材不掉淚呢？可以鼓勵人民指正，針對弊端加以改善啊？為什麼就是要把拯救世人的基督釘上十字架，把挑戰窠臼的哥白尼[21]跟馬丁路德[22]逐出教會，把爭取獨立的華盛頓跟富蘭克林叫作叛亂份子？

大家會覺得，政府可能從沒想過有人會蓄意發動實際的反抗；不然政府怎麼沒有明定相關確切的罰則？身無分文的人要是不想幫政府賺幾毛錢，就會馬上被送去吃牢飯，據我所知，沒有法律明文規範相關罰則，竟是任由抓他入牢的人決定刑期；不過要是有人每次偷政府幾毛錢，就算被抓到九十九次，他很快又被釋放，逍遙法外。

要是政府的運轉必定會產生摩擦，使正義淪喪，那就算了，隨它去吧！只是恐怕這部機器還會繼續磨損，這樣下去，總有一天會停擺。如果不義的事是自然發生的，原因是內部對應的彈簧、滑輪、繩索或曲軸出了問題，那麼修理一下搞不好會改善弊端。如果不義之事必須靠你來促成，那我覺得你就應該打破這個循環！我們人的一生應該成為反摩擦力，抵抗不義的事情，讓政府這部機器停擺。無論如何，我們都要時時警惕，不要讓自己成為所譴責的罪惡的幫兇。

至於政府要用什麼手段整治弊端？我不覺得還有救藥。因為補救工作曠日持久，而人的一生很短暫。人生還有其他的事要關心，我們來到這個世上的主要目的不是要改變這個世界，而是要在這裡過日子，不管好日還是壞日，都要好好地生活。一個人沒辦法包辦所有的事，能做的事有限，因此沒必要花時間去做不對的事。所以，跟州長或立法機關示威抗議不干我的事，就像他們不必來跟我請願一樣；要是他們不理會示威抗議，那我也不能怎樣。這個例子顯示，我們沒有辦法跟政府溝通，而《憲法》必須承擔大部份的責任。這種說法聽起來好像很嚴苛，講這種話的人很死心眼，不懂得圓融之道，但是，唯有懂得珍惜、明白其價值所在的人，才會用這種最關心體貼的方式來看待我們的《憲法》。所有變動都是為了邁向更好的未來，就像生與死，都會撼動這副肉體。

我敢說，自稱支持廢奴運動的人應立刻撤回對麻州政府在人力、財力上的支持，不用等到多數人參與廢奴才行動，正義還未昭彰前就該這麼做，我覺得上帝站在正義的這一方，不用再等其他人了。如果你更堅守正義，就是比別人提早加入多數人的陣營。

我每年只跟美國政府（或代表的州政府）派來的稅務人員打一次交道；這是我這種人唯一跟政府面對面的時機，他們就是挑明要你承認我這個政府的存在。針對這點，就當前的局勢來看，想表達內心的不滿與關愛，最簡單有效又不可或缺的處理方式就是不承認這個政府。來收稅的人也是公民，我必須直接跟他打交道——畢竟和我起口角的對象是人，不是一紙公文。這個人是自願擔任執法人員的，他知不知道公務員的角色定位與行為準則？他知不知道怎麼做人？他必須思考要怎麼對待我這個鄰居。他向來尊敬我，現在是要把我當成心地善良的芳鄰，還是擾亂秩序的瘋子？然後看看他能否保持理性、不口出惡言，超越睦鄰的心理障礙，扮演好他的角色？我深知，如果我在麻州叫得出名字的人有十個、百個、千個好了，也很難找到十個很正直的人——算了，一個就好，一個能停止蓄奴的人；我深知，當真正脫離蓄奴的那群人被關進郡監獄裡時，就表示美國有在廢奴。剛開始廢奴運動的力量有多微弱都沒關係，一旦成功就一勞永逸。但是，人比較喜歡出一張嘴，動動口就認為自己的任務到此為止。很多報社都是因為報導改革得以生存，但卻沒有人為改革努力。我的鄰居是備受尊敬的麻州代表[23]，他沒有努力在議會裡解決自家的人權問題，卻冒著被關進卡羅萊納州監獄的風險，跑去別州管別人的家務事。麻州現在正急著把蓄奴的罪惡推到其他州的頭上（雖然現在只把爭執歸咎於招待不周），我的鄰居大可坐下來跟我這個麻州的犯人談談發生了什麼事，這樣搞不好立法機關就不會在冬天擱置這個議題。

活在一個會無端監禁公民的政府底下，正義之士要待的地方就是監獄。現在麻州政府對付思想較開放、還沒徹底絕望的公民，也是要他們坐牢；州政府的舉止把他們搞得很火大，不讓他們參政，他們也因為堅持原則，早就把自己給放逐了。你會在監獄裡遇到逃亡的奴隸、假釋中的墨西哥籍犯人、為自己種族污名辯護的印第安人……政府把異議人士關進牢裡，那裡雖然與世隔絕，但是卻讓人活得更自由、更有尊嚴——在實行蓄奴制的州裡，自由之士唯一能住得有尊嚴的地方只剩監獄了。如果你認為他們的影響力會因為入獄而消失、他們會就此放政府一馬、他們在獄中就不跟政府作對，那麼你就不懂了：真理遠比錯誤的律法要強而有力，親身經歷過一些不公不義的事，為正義發聲時會更有力、更到位。請投下完整的一票，不要覺得選票只是一張紙而已，請發揮你全部的影響力。少數服從多數時，少數很無力，甚至連少數派都稱不上；但是一旦團結起來抵抗，這股勢力也難擋。如果必須在囚禁所有正義之士和放棄戰爭與奴隸之間做選擇，那政府會不假思索地把正義之士統統都給關起來。但要是今年有一千人不繳稅，這抗爭的方法就既非暴力也不流血，不過要是大家都乖乖繳稅，就等於是把錢送給政府去施暴、殘害無辜。實際上，如果革命可以和平地進行，那麼拒絕繳稅就是可行的做法。如果稅務人員或其他公務員會像別人一樣問我：「那我要怎麼做才好？」我會跟他說：「如果你真的想為國家做些什麼，就辭掉公職吧！」當人民拒絕效忠政府，而官員也不在其位，那麼革命就算成功了，但可能很難避免流血衝突——良知受傷的話，也會流血啊！這個傷口的血代表人的氣概與不朽之名，若失去這些，人也永劫不復了。如今，我看見良知的傷口正在淌血！

我一直在想，對冒犯政府的人來說，被關進監獄事大，財產被沒收事小，雖然兩件事的目的相同。不過他們一般也不太花時間攢錢就是了。只是那些人不許正義摻有雜質，這才是腐化墮落的政府更要小心提防的。政府對這些人的照顧比較少，尤其是對要靠打拼才能賺到一點血汗錢的人來說，一點稅金就是天文數字了。如果有人不花錢就可以過活，那麼政府就不能那麼乾脆地收他稅金。我不是要做這種比較來惹人厭的，但是有錢人總是朝可以讓自己致富的體制靠攏。我不得不說，愈有錢就愈缺德；金錢是人在追求目標的過程中隨之而來的；死要錢絕對不是美德。有錢讓人把很多問題放到一邊，因為要回答這些問題太費力了。只要太有錢，就開始想要怎麼花錢，這個問題很棘手、但也很多餘，我看這些人的道德感已經蕩然無存。當財富增加，發揮人性價值的機會就減少。如果人變有錢之後，會去實現窮苦時想要做的事，就是對文化最大的貢獻。耶穌基督曾經針對希律黨人的狀況回答這個問題。耶穌說：「給我看看你們繳稅用的錢幣。」有個人就從口袋掏出一分錢，耶穌說，如果你們用的錢上面有凱撒的像，表示凱撒就是鑄這枚錢幣、賦予錢幣價值的人，意思是說，如果你是這個國家的臣民，歡天喜地享受凱撒政府帶來的好處，當他跟你要錢的時候，就用你部份的錢回報他——「凱撒的應歸給凱撒；上帝的歸給上帝。」[24]對於什麼該歸給誰，耶穌的話中有無比的智慧，不過這些人還是不想搞清楚。

我跟我觀念最開放的鄰居聊天時發現，不管事情有多麼重要、多麼嚴重，一講到公共安寧，他們都很依賴當今州政府的保護，很擔心不服從政府的後果會波及自身的財產跟家庭。至於我，我不覺得自己需要政府來保護。但是，如果我拒絕納稅給州政府，否認其權威，政府會很快就把我的財產沒收，拿去浪費掉，並且沒完沒了地騷擾我跟我家老小，事情就難辦了，因為這樣會讓人無法有尊嚴地過日子，也無法擁有舒適的物質生活。不服從政府的人也不用花力氣攢錢，因為到頭來財產也會被沒收；最好是租房子或是看哪裡有空屋去暫住，種一點作物填飽肚子，不要囤積太多。這樣的人必須自愛自重，隨時準備捲土重來，不能惹事生非。反之，只要對政府百依百順，到世界哪個角落都可以賺很多錢。孔子有言：「邦有道，貧且賤焉，恥也；邦無道，富且貴焉，恥也。」沒錯，只要我還不指望自己在某個遙遠南方的港口自由遭遇威脅時，麻州政府會來保護我；只要我不一心只想安安靜靜地苦幹實幹，累積家產，我便能拒絕效忠麻州政府，拒絕政府干涉我的財產與生活。不服從政府而受罰的損失，都遠比順從的代價要來得小。如果我真的就乖乖當個順民了，實在會覺得自己做人失敗。

好幾年前，州政府代表教會跟我接觸，要我資助某位牧師的日常開銷，我的父親曾聽這位牧師講道，但我沒聽過。州政府說：「給錢，不然就等著吃牢飯。」我拒絕給錢，不過有人卻覺得給錢無傷大雅，真的讓人很無奈！我不懂為什麼要教師繳稅來資助牧師的生活，而不是牧師繳稅來資助教師的生活？我不是吃公家飯的教師，我靠自願捐款過活。公民講堂應該把稅單拿出來，要求國家、教會支付他們的開銷。後來應主任委員的要求，我就賞臉寫下聲明：「謹請在場人士見證，我亨利．梭羅並未加入任何社團，也不願成為任何社團的一員。」我把聲明交給鎮公所的秘書保管。自從政府知道我不希望被當成教會的成員之後，就沒有人找我要錢了，雖然他們還是認定我屬於教會。要是我能把所有社團都列舉出來，我一定會簽退這些我從未加入過的組織，只是我到現在還沒找到完整的清單。

我已經六年沒有繳交人頭稅[25]了。為此我曾經入獄一晚；當我站着端詳兩、三英尺厚的堅固石牆、一英尺厚的木頭跟鐵製的門，光線穿透鐵欄杆時，我突然覺得這個體制很愚蠢，只會把我看作一堆血肉、骨頭鎖起來。這個體制最後決定讓我報效國家的方式就是把我關進牢裡，沒想過要怎麼好好運用我。我也想到，要是有一道石牆橫在我跟我的鄉親中間，會更難超越或打破，只要隔閡還在，他們就無法像我一樣自由。在獄中，我一刻也不覺得自己受限，砌牆只是浪費石頭和灰泥而已。我覺得全鎮好像只有我繳了稅。他們顯然不知道要拿我怎麼辦，只是所作所為真的很沒教養。他們每每對我恩威並濟，真是搞錯重點——因為他們以為我一心想站到牆的另一邊。我陷入沈思時，這些人很勤快地把牢門給上了鎖，我著實覺得好笑，我的思緒越牆而過，毫無窒礙，真正危險的應該是思想吧！由於他們無法感化我，就決定對我施以體罰；就像小男生一樣，攻擊不到討厭的人就虐待自己的狗出氣。我了解政府很愚昧無知，像有錢人家孤單的婦女一樣怯懦，敵人、朋友傻傻地搞不清楚。我對政府的敬意已蕩然無存，只覺得政府可憐。

所以說，政府從未刻意與人民的判斷、智識或道德起正面衝突，只對付人民的身體與感官。政府不是以智慧或誠信取信於人民，倒是四肢發達，精力旺盛。我生來不是要受人逼迫的，我按照自己的方式度過分分秒秒，看看我跟政府誰能撐到最後。群眾有什麼力量？除非他們信仰的真理比我所服膺的真理更高明，我才有可能順從。但是，他們要我變得跟他們一樣。我從來沒有聽過有人被烏合之眾逼著，一定要過這樣或那樣的生活。那種日子要怎麼過？碰到問我「要錢還是要命」的政府，為什麼我就要趕快把錢送上？政府可能處境艱難，狗急跳牆，只是我也愛莫能助。政府必須跟我一樣，自己想辦法，哭哭啼啼解決不了問題。我的責任不是讓社會這臺機器好好運轉，我老爸又不是工程師。我發現，橡實跟栗子同時落下，彼此不會呆呆地讓路給對方，而是會各自照著自己的法則生長，努力發芽長大、開枝散葉，直到長得比另一棵還茂盛，弱小的便枯萎凋零了。如果植物不能照天性生長就會死掉；人也一樣。

監獄中的那個夜晚既新奇又有趣。我走進去時，身穿襯衫的囚犯們正聚在門口高興地聊天，在走道上吹風。獄卒說：「各位，門要關了！」他們便一哄而散，我聽見他們的腳步聲回到空空如也的牢房。獄卒介紹我的牢友是「一流的角色，是聰明人」。獄卒鎖門後，室友告訴我掛帽子的地方，還有牢獄生活的點滴。牢房每個月粉刷一次；我們這間算是漆得最好、稍有佈置的牢房，搞不好還是最乾淨的。他自然會想知道我的來歷、入獄的原因。回答了他的問題以後，換我問他是幹了什麼事來蹲苦窯，我也當他會據實以告；照目前狀況，我相信他算誠實。「為什麼入獄，」他說，「他們指控我把穀倉給燒了，我明明就沒有嘛！」根據我就近觀察，他當時可能喝醉睡在穀倉裡，又在那裡抽煙斗，就這樣把穀倉給燒了。大家都知道他很聰明，在獄中等開庭，一待就是三個多月，而且還要繼續等下去。但是他還挺守規矩的，也沒什麼抱怨，加上食宿免費，他覺得獄方待他不錯。

我的牢友佔了一扇窗，另一扇讓我用。我發現要是在那裡待久了，最常做的事就是看著窗外。遺留在那邊的小冊子我很快就讀完了，我仔細觀察先前囚犯的逃脫位置，發現有一根欄杆被鋸掉，我也聽遍蹲過這間牢房犯人的故事；我還發現在獄中流傳的八卦跟故事，監獄外的人永遠不會知道。這裡大概是鎮上唯一有人寫詩的地方，這些詩還被印成傳單，但沒集結出書。有人給我看了一長串青年的名字，他們越獄的計畫被查到，功敗垂成，只好以吟詩悼念壯志未酬。

我儘可能從我牢友那邊挖出更多故事，因為可能以後就見不到他了；最後他告訴我哪個床位是我的，就睡覺去了，由我熄燈。

在獄中過夜就像到遠方的國度旅行，一切始料未及。我好像第一次聽到鎮上的鐘響、村裡夜晚的聲音，我們睡覺時沒有關窗，這些聲音就穿過鐵欄杆流瀉進來。我原生的村落彷彿籠罩著中世紀的光輝，我們的康科德河變成了萊茵河的小支流，騎士的身影與城堡掠過眼前。街上還傳來老鎮民說話的聲音。隔壁鄉村客棧廚房裡說的話、做的事我知道得清清楚楚，我無意間成了他們的觀眾跟聽眾，這真是難得、嶄新的體驗。這也讓我更貼近我生長的地方，相當深入其中。我以前從未正眼瞧過家鄉的政府機關，其中的監獄就挺特別的，因為康科德是郡的首府。我慢慢瞭解到居民在忙些什麼。

清晨，早餐放在門中間的洞口，長方形小錫盤的大小剛好是洞口的大小，錫盤上有一品脫的巧克力、全麥麵包跟一支鐵湯匙。他們來收盤子的時候，我還傻傻的想把剩下的麵包還回去；但是我的牢友替我把麵包收起來，他覺得應該要留起來等到午餐或晚餐時吃。沒多久，他就被放到附近的田裡割草，他每天都得去，做到中午回來；他祝我順利，他不確定自己回來時我是否還在。

因為有人雞婆替我繳稅，我就被放出來了。我不覺得一般大眾因為我入獄而有重大的改變，也沒有人一夜白髮；但我眼下的景色全變了，城鎮、州、國家都變了，大過歲月的鑿痕。我比以前更了解我生活的地方。我明白，我跟週遭人的關係僅止於朋友跟好鄰居，我們的友誼經不起考驗。他們不打算做對的事；因為偏見與迷信，所以我們變成不同國的人，就像中國人跟馬來人一樣差很大；他們會為了避險而犧牲人格，要他們放棄財產，根本就是天方夜譚；畢竟他們也沒有高尚到不會對小偷以牙還牙、以眼還眼，而且還想要靠表面上的臣服跟幾聲祈禱，不時取巧，選擇好走但不會抵達目的地的路，希望自己得救。或許我這樣說我的鄰居很刻薄，不過我相信，他們之中有許多人沒意識到，自己村裡有監獄這種機構呢！

我們村莊有個習慣：貧窮的欠債人出獄時，熟人會把手指撐開，就像透過監獄鐵欄杆跟他打招呼說：「你還好吧？」只是鄰居沒這樣迎接我，他們看看我，看看別人，一副我剛從長途旅行歸來的樣子。我被抓時，正要去鞋匠鋪拿一隻補好的鞋。次日早晨出獄，我就繼續去把昨天的事情辦完，穿上補好的鞋，跟大家一起去摘越橘，大家都迫不及待地等我來指路，由於馬很快備好了，我出獄後半小時就置身在越橘田中，站在最高的山丘上，離小鎮兩英里遠，那裡根本連州政府的鬼影子都沒有咧！

以上是我主演的「監獄風雲」完整版。

我沒有拒付過養路稅，也很想當個好鄰居，但不想乖乖當個順民；至於支持教育，我也盡力啟發我的鄉親。我沒有特別不想支付某些稅，單純只是不想支持現在的政府，想跟政府徹底斷絕關係，保持距離。除非政府拿稅收去行賄、買槍行兇，否則我不想去追查我繳的稅金用到哪裡去了——金錢本無罪啊，我只在乎支持這樣的政府會有什麼下場。事實上，我已默默地用自己的方法向政府宣戰，我還是會跟平常一樣，繼續運用國家的資源，享受有國家的好處。

如果有人因為同情政府，所以代人繳交了政府要他繳的稅款，他們只是重蹈覆轍，助紂為虐而已。他們以為替別人繳稅是為了他好，可以幫他保住財產或讓他不用坐牢，這種做法很不明智，因為他們沒考慮到，聽任私人情感做事，會嚴重傷害公眾的利益。

以上是我目前的立場。不過，在這種狀況下，人總不能過分防衛自己的立場，以免太固執己見或過度在乎別人的看法，造成行為偏頗；必須讓自己的行為發乎內心，符合時宜。

有時候我會想，這些人心地善良，只是稍嫌無知。要是他們方法對了會更好一點吧！他們也不想那樣對我啊，我幹麼把他們搞得那麼痛苦？但我又想，我實在不該跟他們一樣繳稅，或看著別人承受其他更大的苦。有時我又問自己，無數的人不慍不火，毫無惡意也不帶感情地來跟我要個幾先令，鑒於法律規定，他們不會撤回或變更對我的要求，也不可能替我講話，我為何要讓自己承受這排山倒海而來的蠻力脅迫呢？我飢寒交迫，忍受淒風苦雨；我一意孤行，靜靜地忍受無數類似難以避免的困境。不過，我並非飛蛾撲火。我認為會造成今天這種局面，也不全然是非理性的力量使然，有部份是人為因素。我想到這些無數的人與自己同是芸芸眾生，不是猛獸或沒有生命的東西，他們大可為我說句公道話。事情發生時，他們可以立即呼籲立法者注意，再提醒自己關心事件的發展。如果我自己飛蛾撲火，就不能怪那裡有火，或歸咎放火的人，要怪就只能怪自己。如果我可以勸自己，其實自己沒有理由對人的現狀感到不滿，照這樣跟其他人相處就好，而且我應該要像虔誠的回教徒和宿命論者一樣安於現狀，把一切歸咎於上帝的旨意。總歸一句，反抗人類的現況跟抵抗蠻力或自然力不同，因為反抗現況會發生效果。我總不能期待自己跟希臘神話中的奧菲斯[26]一樣神奇，光用琴音就讓頑石、草木鳥獸改變氣質。

我不想刁難誰或政府，也不想鑽牛角尖或一味自我感覺良好。我反而想找個理由，讓自己好好遵守法律咧！我真的很想當個守法的好公民。我還真該懷疑自己這樣是不是有毛病。每年稅務人員現身時，我就會檢討聯邦政府跟州政府的措施與立場、人民的態度，拼命找讓自己服從當局的藉口。

我們必須愛國如愛父母，
如果有一天我們變得疏離
因為沒有了愛，不再努力榮耀
我們要顧及後果，告誡靈魂
什麼是良知與真理
而非統治或利益的意欲。[27]

我相信，州政府很快就會要我不要插手管事，屆時我就會跟大家一樣忠貞愛國。從單純的觀點來看，我們的《憲法》儘管有缺失，但還是有好的地方；法律與法庭非常值得敬重，連州政府跟現在的美國政府，如同眾人所言，也做了一些值得讚揚、珍貴的事，應該滿懷感謝。只是從更高的標準來審視，誰能說清楚政府是怎麼一回事兒，或者有什麼值得我們仔細探討或思考的地方嗎？

政府不太關心我，我也會盡可能不去考慮政府的種種。即便活在這世上，我受政府管理的時刻並不多。如果人能自主思考，不受欲念與妄想控制，那麼對他來說，不智的統治者或改革者也無法糾纏他到死。

我知道自己的想法是異數，但是，我也不是很滿意那些專門研究這類相關問題的人。政客和議員已被收編，無法看清體制的真面目與本質。他們只會空談改變，卻不能跳出框框，觀察社會內部的問題。這些人或許有一定的歷練跟眼光，也真的訂定出一些聰明、有用的制度，我們誠心感謝。然而，他們全部的聰明才智與貢獻卻只發揮在特定方面，而且影響有限。這些人常常忘掉：支配這世界的，不是政策與短期措施。韋伯斯特[28]做的事都不脫現有的體制，他實在沒有立場對改革發表什麼意見。對於不想動腦筋改革現行政府的議員而言，他講的是至理名言；但是對於思想家跟一直參與立法的人來說，韋伯斯特根本沒用心在這個主題上。我知道有人很沈著、聰明地聊著這個話題，只是他們的言論很快就暴露自己的思考層次低落、理解力有限。不過，跟多數自以為是改革人士以及耍小聰明又能言善道的政客相比，大體上，大概只有韋伯斯特的話還能聽，真是感謝老天爺。相較之下，他的態度向來很堅決，見解獨到，最重要的是他很務實。不過，韋伯斯特還不算聰明，只能說他很精明審慎。律師口中的真相並非真理，頂多是主張前後連貫，或一時的說法沒有矛盾。真理不會自相矛盾，也不會專用錯誤的手段去彰顯正義。「憲法守護者」這個名號韋伯斯特當之無愧。他不打擊《憲法》，只為它辯護。他不是領袖，而是追隨者；他追隨的是一七八七年制憲的人。他表示：「對於加入聯邦各州當初的協議，我過去不想，未來也不打算破壞這個協議，也從未支持或有意支持這樣的行為。」考慮到《憲法》認可蓄奴，他說：「這個制度是原先協議裡就有的，維持現狀比較好吧！」雖然韋伯斯特非常敏銳，能力也很強，但仍無法擺脫政治的考量，有智慧地通盤處理。以奴隸制度為例，身為今天的美國人就該站出來反對。韋伯斯特不知是因為臉皮厚或遭施壓，情急之下，竟強調自己是以一介平民的身分，公然發表以下言論——真不知道說出這種話的人，可以導出什麼新式的社會義務規範呢？他說：「實行奴隸制度的各州政府應自行規範，本於對選民的責任，遵守州法及正當、博愛、正義的普遍原則，並且對上帝負責。因人道立場或其他宗旨而建立的組織機構皆與其無涉。我不曾鼓勵這些組織，未來也不會這麼做。」29

那些不了解真理的本源是更純粹的人，不會去追溯更高的源頭，他們很識時務，一心奉行《聖經》和《憲法》，滿懷敬畏與謙卑，啜飲身旁的真理之水。但真理有其源頭，並化作涓涓細流，注入世界各地的湖泊與池塘，追求真理的旅人會再次整裝上路，到源頭朝聖。

美國不曾出現過有立法才幹的人，在世界史上，這樣的人也屈指可數。演說家、政客和名嘴多如牛毛；但是之中沒有人只靠一張嘴就能解決當今爭議不休的問題。我們喜歡聽名嘴說話，不是因為他們話中有真理、直說敢言，而是我們就是喜歡聽別人講個不停。我們的議員還不知道自由跟自由貿易、團結跟正直對政府的價值；他們處理稅收、財政、商業、製造業與農業等比較卑微瑣碎的問題時，也看不出一點聰明才幹。若只靠議員在國會殿堂上耍嘴皮子，不相信人民的親身經歷跟反映現況的怨言，那美國的國際地位也很難維持。《新約聖經》寫就已有一千八百年了，或許我沒資格這樣說，不過試問有哪位議員有智慧跟魄力在立法中落實《新約》的精神呢？

儘管如此，我還是願意服從政府的權威。如果政府裡的人都比我懂得更多、更能幹，那我也樂得聽從指揮，不過就算沒我厲害，很多事情我也照辦。然而，就算政府裡都是能人，政府的權威仍有瑕疵：要完全實現正義，必須要人民的認可與同意，政府的權限才算成立。除非有我的允許，否則政府就不能對我主張任何人身、財產的權利。由君主專制進步到君主立憲，再由君主立憲變成民主政治，這個過程愈來愈尊重個人的權利。中國古代的哲學家早就把人民視為帝國的根基。我們所知的民主政治，已經無法再進步成別的政體了嗎？難道不可能承認更多個人的權利，創造更多個人的價值？個人是政府權力與權限的源頭，除非政府能承認個人的力量更為崇高且獨立不可侵犯，平等地對待每個人，否則就永遠無法成為真正自由與開明的國家。

我光用想像的就很高興：有個政府終於以正義對待人民，尊重個人如尊重鄰居；有個政府不會因為國內少數人雖然履行公民和同胞的義務，卻不願意跟政府攪和在一起，走得太近，也不想被收買，就因此食寢難安。當國家孕育出這樣的民主果實，任憑瓜熟蒂落，就等於開創了美好的光輝大道。可惜一切只在我的想像之中，至今尚未實現。

不服從之後⋯

梭羅的理念純粹，影響了無數堅持正義的靈魂，像是他同時代的托爾斯泰，乃至於近代的翁山蘇姬，都大受啟發，並以實際行動呼應「不服從」的精神。梭羅的追隨者前仆後繼，將他的理念發揚光大：

- 1910 啟發甘地不合作運動精神
- '40 在丹麥抵抗運動中廣為誦讀
- '50 受麥卡錫主義箝制成為禁書
- '60 影響了南非曼德拉反種族隔離運動
- '70 反戰份子重讀
- '80 為環境主義運動援引
- '90 美國反波灣戰爭運動
- Now 茉莉花革命、佔領華爾街運動

約翰·布朗之死

1850s

梭羅一生都反對蓄奴，而同個時代的約翰·布朗（John Brown）可以說是美國史上最早提倡廢奴的白人。

布朗說過：「所有人都只是出一張嘴。我們要的是真正的行動！」

最著名的是1859年他所領導的武裝起義，殺了蓄奴人士、解放許多奴隸，要求廢除奴隸制度。當時許多反蓄奴的人紛紛自清，不想跟布朗的暴力行徑扯上關係。這時梭羅跳出來為布朗說話，發表著名的〈為布朗上尉請命〉演說，表示布朗是他心中英雄的典型。梭羅認為「和平」只是表面的假象，人民太害怕失去財產與安定的生活，所以甘受政府的箝制。

最後，布朗被處以死刑。當時遠在歐洲的《悲慘世界》作者雨果在呼籲釋放布朗的公開信中，也看見了美國民主的危機，處決布朗也被史家當成引發南北戰爭的原因之一。

我不是很確定，維吉尼亞州的蓄奴制度會不會在布朗被處決後更穩固；但可以肯定的是，這件事情會動搖整個美國民主結構的中心，聲名狼藉之餘，還犧牲了榮耀。

—雨果在1859年投書《倫敦新聞報》，談約翰·布朗之死

甘地的不合作運動

1910s

「公民不服從」的經典例子是甘地所發起的非暴力與不合作運動，他讓印度擺脫了英國的統治，而他的政治思想也影響了世上許多民族主義者。

甘地在英國念法律，回國後擔任律師，某次出差到南非，親身經歷當地的種族歧視問題，於是開始領導抗爭。在這個時期，他從梭羅、托爾斯泰的作品與《薄伽梵歌》中汲取靈感，公民不服從的概念與做法逐漸成形。

他從南非回到印度後加入國大黨，發起非暴力、不合作運動，呼籲印度人民抵制英國貨，要求大家自己動手織布，不倚賴舶來品。最著名的遊行是抗議殖民政府的食鹽公賣制，他帶領無數的人徒步了四百公里到海邊親自取鹽，又稱為鹽隊遊行。

甘地曾經數次絕食抗議、入獄，以個人的身體作為政治的武器。他崇尚簡樸而自律的生活，過著梭羅所謂「真正的人」的日子。據說，只要甘地在，印度教徒與回教徒就能暫時停止紛爭。梭羅認為，具有溫柔、隨和、耐心、謙卑和寧靜的靈魂能平息世間的紛爭，也許這種精神力量就在甘地身上體現。

祈禱不是請求，而是靈魂的渴望。

—聖雄甘地

金恩的非暴力抗爭運動

1960s

梭羅有幾個著名的追隨者，馬丁路德·金恩便是其中之一。金恩說：「我確信，不與邪惡合作是一種道義，跟與良善合作意思一樣。沒有什麼比『公民不服從』這個想法更有力、更熱情。」金恩最為人知的是1963年在「進軍華盛頓」遊行中發表的演說〈我有一個夢〉。

金恩也發起幾次成效卓著的公民運動，如反對公車上的種族隔離，號召阿拉巴馬州蒙哥馬利當地黑人舉行罷乘運動超過一年，最後聯邦法庭裁定該市的這種隔離政策違憲。

還有北卡羅萊納州某連鎖酒吧不歡迎黑人，於是金恩發起「入座運動」，請黑人到這些拒絕為黑人服務的地方，禮貌地請求服務，直到對方理睬並提供服務為止。「進軍華盛頓」主旨是爭取黑人的自由與工作機會，是美國史上規模最大的政治集會。1964年美國國會宣佈種族隔離與種族歧視政策違法。1968年金恩遭刺殺身亡，享年39。

生命中有些事情他們不想看
要是馬丁路德還活著的話
他不會讓這些事情發生的
不會！絕對不會！

—麥可·傑克森1996年的歌〈他們不在乎我們〉

五月風暴下的無政府主義

1960s

梭羅有幾個著名的追隨者，馬丁路德·金恩便是梭羅巧妙地把國家比喻成機器，一種必要之惡、一種權宜之計。雖然梭羅不滿當時的政府，但他仍以自己的方式表達抗議，繼續「享受有國家的好處」。也有人認為梭羅是無政府主義者，因為他說過，改革這條路若走不下去，流血革命則難以避免。要是他還在世，他也許會說，不要管我是不是無政府主義者，我只在乎自己有沒有資格當人——真正的人。

無政府主義是一種政治理念，認為政府不是理想的組織型態，其中官僚、分層處理事務的辦事方法對人類社會有害，因此提倡人與人之間平等、自願的互助關係，關注個人的權利，希望消除社會政經上的階級分別與獨裁統治。

無政府的理念在歷代皆有倡導者，也有各種流派。但信奉無政府主義的人，無不認為這是人類社會最理想的狀態。著名的無政府主義運動如法國1968年的學生運動，一開始由學生發起，後來工人加入罷工；反對者要求總統戴高樂下臺，並佔領公共建築，革命呼聲日益高漲，最後以解散國會、重新選舉，得以平息眾怒。

我們沒有堅持什麼，也不要求什麼。
我們將接管，我們將佔領。

—巴黎，1968年五月風暴時的塗鴉名句

茉莉花革命

2011

梭羅批評政府只會對付人民的身體與感官，限制人身自由來打壓人民。然而，就算是軍隊，組成的軍人也同樣具有公民的身分，在涉及正義問題時，人到底能不能憑良知而行，而不是變成聽命辦事的機器呢？

在示威抗議中，執法者往往要擔任維持治安或鎮壓民眾的角色，而許多逐漸民主化的國家常常由軍方或警方把持政權。能否維持法治而非人治，與掌握國家機器的人的態度有很大的關係。

在2011年初，由北非突尼西亞發難、一路席捲阿拉伯世界國家的「茉莉花革命」，之所以沒有淪入另一波強人統治的輪迴中，公民的態度發揮了關鍵作用。突尼西亞的律師與教師率先罷工，走上街頭，接著連擔任鎮壓角色的警方也上街抗議。隨後而起的埃及革命，軍隊在接手警方鎮壓的職權後，發表聲明將「保護人民的言論自由」，化解了軍事政變的可能。

武裝部隊將不會訴諸武力以對付我們偉大的人民。我們軍方認為人民的要求正當，而且願意承擔保護國家與公民的責任，我們保證以和平的方式保障每個人的言論自由。

—埃及軍方於 2011 年 1 月 30 日的公開聲明

俄羅斯選舉舞弊事件

2012

2012年3月4日，俄羅斯進行了總統大選，曾在2000年到2008年擔任俄羅斯總統的普丁，又再一次以超過半數的選票，重登最高領導大位。然而，抗議此次選舉不公的示威遊行集結了數萬人之多，警察在寒風中仍得驅散與逮捕這些抗議的民眾。

這次的俄羅斯抗議事件在2011年爆發，延燒到隔年大選。這場選舉從一開始就問題重重。首先是普丁所屬的統一俄羅斯黨提出修憲案，將總統任期由四年改為六年；之後，中選會宣稱，意欲參選者的支持者簽名有大量不符規定，無法將其登記為候選人；許多民眾檢舉選舉過程中諸多舞弊狀況，國際觀選團對近三分之一的投開票所的計票過程表達「負面」評價……最後普丁以63%左右的得票率贏得選舉，然而人民對這個特務出身的領導人早已失望透頂。

梭羅說過投票就像是比賽，也像賭博，選民各有考量、各自下注，誰輸誰贏要到最後才知道。不過，若是有人選手兼裁判，那誰是贏家就很明顯了，因為規則總是有可以上下其手的空間。

他們偷了我們的選票！

—2011-12年俄羅斯抗議事件的口號

良心犯

1960s至今

梭羅坐過一次牢，雖然拘禁的時間很短，推估不超過24小時，但是卻對他個人影響很大。他說，要是人經歷過一些不公不義的事，那麼為正義發聲時，會更有力、更到位。而公民被監禁，他們的影響力不會因為入獄而消失，因為真理遠比錯誤的律法要強而有力。

國際特赦組織創造了「良心犯」一詞，指雖沒有做出國際人權組織所認定的罪行，卻因其政治、宗教、種族、語言、性向被指控罪名（如教唆、煽動、誘導他人犯罪或是內亂外患罪等），雖沒有任何暴力舉動，但都受囚禁或軟禁。

著名中國維權運動人士劉曉波曾參與六四民運，並於2008年發起《零八憲章》。他多次入獄，並在最後一次入獄的隔年獲得諾貝爾和平獎。劉曉波認為公民不服從「只適用於具有民主政治形式的社會或立憲民主政體」，至於「獨裁制度下的民間反抗運動可以憑靠的，主要是直指人心的道義資源，用中國古語表述就是人人皆有『天地良心』」。

除非面對外族入侵帶來的主權領土的危機，否則的話，我從不認為「愛國主義」是個崇高的字眼。……在和平時期，聚集愛國主義大旗下的，不是卑鄙的政客，就是顛三倒四的瘋子。

—劉曉波《單刃毒劍》

佔屋運動

1960s至今

世界上有很多土地或建物遭人棄置，多是在大都市邊緣，這在歐美逐漸發展成「佔屋」的文化。一般而言，佔屋者是在沒有持有者的同意下住進該處，得自行處理瓦斯、水電，維持生活上基礎設備的需求。另外也有很多大型廢棄的建築被佔，作為社會、文化活動的場地，如咖啡廳、圖書館、運動場等等。

在資本主義與全球化的發展下，佔屋的行為也常被拿來當作政治運動的手段。會有空屋的存在，可能是因為政府失敗的計畫，或建商造鎮失敗，也有可能是持有人不知去向等等，若佔領這些棄置的土地或空屋，則有挑戰既得利益者的意味；而此時佔屋行動也成了公民不服從的實踐，具體地抗議居住權利的不公正。

世界各地都有佔屋行動正在城市邊緣發生，某些歐洲國家的法令容許佔屋，也有些國家把佔屋視為犯罪。最近興起的佔屋行動中以西班牙最受注目，西班牙的空屋約有一百萬戶；而臺灣目前已有超過一百五十萬戶的空屋。

你要知道這是一個連街頭塗鴉都要先
洗乾淨然後很雞巴的搞塗鴉節的政府

—夏宇〈串聯佔領空屋〉，收錄於《詩六十首》

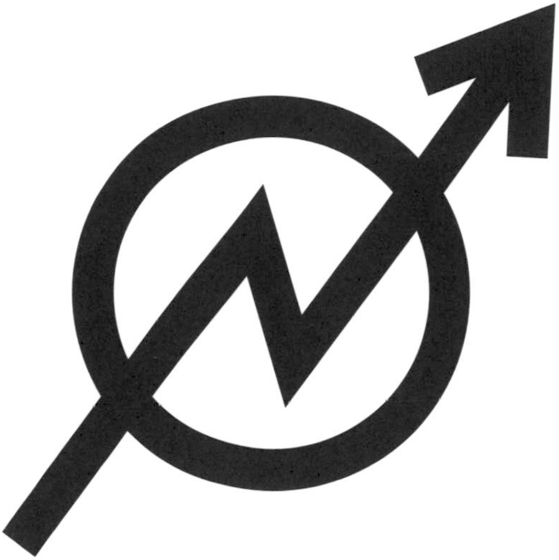

沒有原則之前⋯

85

沒有原則的生活？

沒有原則的生活

?????????

本文源自於梭羅的演講〈對誰有好處?〉(What Shall It Profit?),首次演說時間為一八五四年十二月六日在羅德島普羅維登斯(Providence)的火車站大廳,次年在麻州講了四次,大後年在紐澤西州又講了一次。現在讀到的是梭羅親自為出版而修訂的版本,在他逝世的隔年刊登於《亞特蘭大月刊》(The Atlantic Monthly)十月號上,而題目改為我們今日熟知的〈沒有原則的生活〉(Life without Principle)。

不久前，我去公民講堂聽演講，發現講者根本不熟悉要談的主題，讓人意興闌珊。他言不由衷，講的東西極端又流於表面，整場演講找不到焦點，缺乏清楚的中心思想。我還寧可他像詩人那樣，講講親身經歷就好。對我而言，別人給我的最大肯定就是詢問我的想法，傾聽我的回答。碰到這種人總是讓我又驚又喜，因為很少人會這樣「運用」我，彷彿明白我的價值在哪裡。因為我是土地測量員，大多時候，別人只想從我這兒知道自家的土地面積，頂多再打聽一些有的沒的消息。他們不會跟我剖事論理，從我這邊挖寶，只在意表相。有一回，有個人大老遠的到我這兒，邀請我就奴隸制度發表演說。不過，我跟他聊了一下就發現，這一幫人希望我把絕大多數的時間花在代為陳述他們的看法上，而只有一點點時間給我講我的看法，所以我只好推辭了。儘管我演講的經驗不多，但每當有人邀請我演講時，我便理所當然地認定別人想要聽聽我對某個主題的真實想法（我還真是國寶級呆瓜！），對於聽眾，既不用取悅也不必迎合，而我決意下猛藥：既然特意找我來，還付我酬勞，即便我要說的話可能不中聽，還是要讓他們瞭解我真實的想法。

親愛的讀者，接下來我要說的話也許不中聽，既然你們願意聽下去，而我的見識也不是很廣，所以我不會講一些虛無縹緲的事，盡可能從生活週遭的人事物來談。由於時間有限，就不多拍馬屁，只講我的批評跟意見。

先讓我們思考一下自己的生活方式。

這個世界汲汲營營，喧囂永無止盡。我幾乎每晚都會被火車頭發出的蒸汽聲給吵醒，擾人清夢，連週末都不得安寧。悠閒從容之人也快絕跡了。生活就是不斷的工作、工作，還是工作。現在很難買到空白的本子寫下自己的想法，一般賣的多是記流水帳的簿子。有個愛爾蘭佬

沒有原則的生活
??????????

看到我在田裡寫東西，就認定我是在計算工資。若是有人把尚在襁褓的嬰兒丟出窗外，結果因此終身殘廢，或被印第安人嚇到，變成瘋子，大家惋惜的竟然是——這樣以後怎麼工作啊！我覺得不停地汲汲營營甚至比犯罪更糟糕，不僅背叛了詩歌、背叛哲學，還背離了生活的本質。

我們鎮的郊區有個粗魯的傢伙很會賺錢，他想沿著自家草坪在山丘下搭一道牆。有錢讓他興起搭牆的念頭，好免掉一些麻煩，所以他希望我花三週的時間跟他一起挖地。或許等牆搭好，他就能攢更多錢給後代子孫揮霍。要是我做這份工作，大部份的人會覺得我很刻苦耐勞；要是我決定把精力用在對自己有好處但沒什麼賺頭的事情上，別人就會覺得我好吃懶做。反正，我不被無謂的勞動所束縛；對我而言，那個傢伙做的事跟我們政府或外國政府的很多作為大同小異，無論他們有多麼樂在其中，都看不出有什麼好說嘴的，我情願到別的地方過我的生活。

要是有人熱愛森林，老是在森林裡漫步個大半天，就可能被當作是遊手好閒；要是這個人整天就想著怎麼投機，把樹一棵一棵砍來賣，結果讓整片林地變得光禿禿的，大家就會覺得他勤奮進取，好像這座森林對全鎮的人來說，只剩下砍伐的價值。

假如有份工作要你把石頭扔到牆的另一邊再扔回來，即使有錢賺，做這份工作的人也不會覺得光采。但事實上，現在很多人做的工作也沒什麼意義。下面就是一個例子：夏天的某個清晨，太陽剛剛升起，我發現我的鄰居走在牛車的旁邊，車拖著一塊被劈開的大石頭緩緩前進，石頭懸在車軸的下方，瀰漫著勤奮的氛圍。他展開今天的工作，額頭漸漸冒汗，似乎責備著所有好吃懶做跟沒事幹的人。他控制牛的步伐，轉身輕輕揮動鞭子，好讓牛車趕上他。我想，美國國會的存在就是為了保護這種辛苦、報酬又低的苦工；鎮日勞苦換來的食物特別好吃，也讓社會甜美祥和，大家都感念他們的犧牲奉獻——因為有這麼一群崇高的人，無怨無悔地做著必要但煩悶單調的工作。老實說，我從窗邊看到這一幕的時候還覺得挺羞愧的，怪自己都沒到外面認真幹活兒。一天就這樣過去了，傍晚時分，我經過另一位鄰居家的院子。這位鄰居手下僕役眾多，花錢如流水，對社會毫無貢獻。我在那裡看到早上的那塊大石頭，旁邊擱著個奇形怪狀的東西，準備用來裝飾提摩西．德斯特爵士[1]的住家。我對早上那位鄰居的敬意，就在這瞬間消失殆盡；我真的覺得世界上有更多其他值得做的苦差事。順道一提，那個僱人搬石頭的鄰居已經躲債去了，經大法官判決後，又在別的地方另起爐灶，如今故技重施，照樣找人做這類苦工。

為了賺錢而做的事幾乎一概讓人沉淪；只為錢而工作，真的比懶散怠惰還更糟。如果勞動者唯一的收穫就是領到工資，那麼他被騙了——自己騙自己。假如你靠搖筆桿或演說賺錢，就必須博取眾人好感，結果就是無可救藥地自甘墮落；舉凡大眾最願意馬上掏錢埋單的，就是那些最讓人不舒服或麻煩的差事，這種錢是拿尊嚴換來的。政府一般都不懂得怎麼聰明地酬謝天才。就算是桂冠詩人[2]，也希望免除替國家皇族歌功頌德的義務。唯有杜康能籠絡詩人寫詩，但是詩人因為分心去量度那酒的價值，結果靈感都跑光了也說不定。我在做測量時，僱主並不要求品質，事情有做就好。要是我發現有不同方法可以測量，僱主通常會問：「哪種方法測出來的面積最大？」而不是問說：「哪種方法比較準確？」有一次，我發明一種測量材積的方法想要引進到波士頓，但當地的測量員告訴我說，木材行並不希望測量得很精準，由於目前的測量技術已經「太準」了，所以通常會先在波士頓的查爾斯鎮測量好，再運過橋送進麻州。

工作不應該是為混口飯吃或估個「肥缺」而已，目的是好好表現，把事情做好。就從金錢的角度來看吧！若能讓鎮上的勞工有優渥的工資，使他們覺得不是為了糊口、討生活才工作，而且工作的成果也能應用於社會，符合道德，這樣才合乎經濟效益。不要僱用只為錢工作的人，要僱用喜歡這份工作的人。

值得注意的是，在工作中發揮才幹的人少之又少，可是往往只要誘之以名利，人就會放棄夢想。我看到某些廣告徵求積極進取的年輕人，好像積極進取就是青春最大的本錢。不過，讓我吃驚的是，有人（成年人喔）看我一副無所事事、人生至此徹底失敗的樣子，便信心滿滿地邀請我參與他的事業，還真看得起我咧！我們好像在汪洋中相遇，而我正要渡海卻被逆風打得迷失了方向，他於是要我乾脆跟他走！要是我真跟他走，你覺得先前認同我的人會怎麼想？我才不要呢！我在這個人生階段還有事要做。老實說，小時候我在家鄉的港邊閒晃，看過一則廣告，徵求體格強健的水手，等到我一長大，我還真的上船工作過一陣子。

社會無法利誘真正聰明的人。你可以籌到夠多的錢開挖山洞，卻不能用錢打動有志之士。真正能幹有貢獻的人，不管自己的付出是否有酬勞，做事必定全力以赴；沒能力的人則否，誰付的薪水多就為誰工作，老是冀望能謀個一官半職，可想而知，這些人常能稱心如意。

或許我過度保護我個人的自由，但我真的覺得自己跟社會的聯繫很微弱，能做的也有限。我還有幹一點活兒，算是對我們這一世代稍有貢獻，而且我還挺能自得其樂的，不太覺得工作是為生活所逼。我現在還過得去，但是可以想見，如果我的欲望更大，為了填補欲望而工作就會很苦。假如我跟大多數人一樣，白天的時間都為了營生而忙碌，我一定會不知道活著是為了什麼。我相信自己絕不會為了混口飯吃，就出賣自己與生俱來的權利。有一點我們要搞清楚：很勤快的人不代表有好好運用時間。工作大半輩子只求溫飽，這樣的生活態度真是太草率了。所有偉大的事業都是自食其力的，就像詩人靠作詩營生，木工廠用自家的刨花當作蒸氣鍋爐的燃料運作一樣，人必須靠自己熱愛的事物營生。俗話說，做生意失敗的十之八九，若照這比例來看，多數人的一生都很失敗，預示未來可能是以破產收場。

一出生就家財萬貫的人，根本就沒真正活過。有生之年靠親朋好友施捨或政府津貼度日，不論用多好聽的話來描述這種行為，都等於是住進了救濟院。每逢週日，勞苦重擔的罪人來到教堂清算自己所擁有的一切，這時自然會發現，消耗的遠比神所賜予的還多。這種現象在天主教教會特別明顯：教徒找教區的神父徹底告解一番，就把過去所做諸惡都拋開，想東山再起。人就這樣鬆懈下來了，只會空談人類墮落的種種，就此一蹶不振。

至於要過什麼樣的生活，人的需求南轅北轍。有一種人很容易滿足，目標比較低，可以輕易達成；另一種人則相反，無論他過得多麼落魄、不得志，依然不斷提高自己的目標，即便離目標還很遠，還是一步步前進。要我就寧願當那個不得志的人，東方諺語說：「目光短淺的人不可能偉大；好高騖遠的人只會愈來愈貧乏。」[3]

奇怪的是，我印象中沒有讀過什麼關於營生的文章。怎麼營生才好？工作性質要正直高尚，還要愉快誘人，因為若不是照這標準來營生，日子也不會過得正直高尚、愉快誘人。或許有人會想，文學作品裡，離群索居者逕自沈思，從來不受營生的問題困擾。人是不是已經太厭惡自己的營生經驗，所以連談都不想談？造物者煞費苦心，用金錢來讓我們了解事物真正的價值，而我們卻只想跳過這段，不學習教訓。社會各階層的人不怎麼關心別人是靠什麼過活的，繼承的也好，賺來或偷來的也行，都沒差，就算是所謂的改革之士，對此也漠不關心，真是不可思議。我認為在這方面，社會一點都沒幫到我們，甚或有心幫忙但卻白忙一場。比起有些行之已久，卻不建議採用的營生方法，挨餓受凍還比較接近我的本性。

我們大多誤用了「聰明」這個詞。聰明人怎麼會不知道要怎麼做才能比別人過得更好？抑或這個人不是聰明，只是比較奸詐狡猾一點？做單調的工作需要用到聰明嗎？聰明能讓人成功嗎？生活裡行不通的，還能算是聰明嗎？難道聰明只是象牙塔裡的東西嗎？因此，對我們來說，知道柏拉圖是否比他同時代的人更會營生或過得更順利，就很重要了。他有像其他人那樣被生活的困頓給打敗嗎？還是他只是淡然處之或不願同流合污？或是他其實生活無虞，因為有個姑媽還記得在遺囑中留點財產給他？大部份的人都是得過且過，逃避生命中的重責大任，會造成這種結果，主要是因為他們把日子過得渾渾噩噩，加上心不在焉。

加州的淘金熱[4]就是一例。不要說商人對這次淘金熱的態度好了，還有所謂的哲學家跟預言家也一樣，真是人類的奇恥大辱——竟然有這麼多人想碰運氣發財，要運氣比較差的人為他出賣勞力，卻對社會沒有貢獻！這就是大家所謂的積極進取？我不知道還有哪種現存的交易模式或一般的營生方式，能如此敗壞社會風氣。這種人的生活信念、詩歌、信仰皆不值一哂，連用鼻子翻土覓食的豬，也不願跟他走在一起。如果我只要動動手指頭，就能把全世界的財富玩弄於股掌之上，我也不願承擔這個傷風敗俗的罪名。穆罕默德都知道，上帝創造這個世界不是在開玩笑。這種僥倖的心理是錯把上帝當員外，試問：上帝會為了要看人類你爭我奪，所以就隨興從天上撒下一把零錢讓大家去搶嗎？還真是人間大樂透啊！在自然界活著都是靠運氣！再看看我們的社會體制，這是多麼大的批評與諷刺啊！我只能說，人類將因此窮途末路。難道整本《聖經》都沒有教我們金錢以外的事？人類最值得讚歎的新發明，只是那根用來找黃金的改良式耙子？這就是東西方的共同點嗎？上帝教我們不勞而獲，搞不好還賞我們一大堆黃金？

上帝應許正人君子從祂的金庫獲取食物與衣服的權利，但是惡人卻偽造上帝的許可，擅自挪用，讓自己也同樣衣食無缺。這是我所知世上最普遍的詐欺制度。我以前不知道人會這麼想要擁有黃金。我看過一點點黃金，知道黃金的延展性強，但怎麼樣還是比不上智慧經得起鍛鍊。只消一點點黃金，就可以把大片面積鍍成金色，散發出的光芒卻不如一點點智慧來得耀眼。

山區峽谷中的淘金客跟三藩市酒吧裡的傢伙一個樣兒，都是賭徒——只不過一個在抖土，一個在擲骰子；要是這些人真的賭贏了，社會就輸了。無論淘金客最後真正領到多少支票跟賠償金，他們都與老實工作的人為敵。不要跟我說能淘到金也很辛苦，魔鬼也很努力啊！罪人做起事來也可能很勤奮。最謙遜的人初次來到礦坑，會覺得淘金都是碰運氣，淘金所得跟苦幹實幹賺來的血汗錢還是有差。但是實際上，新來的淘金客會漸漸遺忘眼前的一切，因為他只看到表相，沒看到淘金背後的原理，所以也買了入場券，加入淘金潮，雖然表面上看不出來，但骨子裡就是一般人碰運氣的心態。

某天晚上，我讀了郝伊特[5]談他在澳洲淘金的故事，我的腦海鎮夜不斷浮現無數山谷與溪流，被搞得坑坑巴巴、肝腸寸斷的景象。這些礦坑十到百英尺深不等，約六英尺寬，坑洞很密集，有的還積水，不難看出——這些洞都是大家急著要試試手氣，還不確定位置就亂挖的，殊不知金礦就在腳下：有的挖了一百六十英尺才挖到礦脈，也有的差一英尺挖到但就停手了。他們財迷心竅，眼裡容不下別人的權益。山谷中頓時都是礦工，密密麻麻，綿延三十英里，甚至有無數人浸在水裡工作，渾身沾滿爛泥跟黏土，不捨晝夜，風吹日曬，疾病纏身，命在旦夕。整個讀完只對部份的內容有印象，我不意之中想到自己並不滿意現在的生活，只是與世浮沈；而淘金的景象在腦中盤桓不去，我自問為何不能每天都往自己心裡淘點金，就算淘到的很少也沒關係？為什麼我沒有挖掘內在的財富，努力探索這座寶山？每個人心裡都有一座寶山，就算是不是金山、銀山，是銅山又有何干係？畢竟我還是得上路，不管這條路有多麼孤僻、驚險、崎嶇，我都會滿懷愛意與敬意地走下去。無論在哪裡與眾人分道揚鑣，照著自己的方式與想法走，即便眾人看到柵欄上的裂縫不當一回事兒，但你就會看到不同的可能。穿越命運的旅程很孤單，但你終究會走出一片天。

人潮大量地湧入加州與澳洲，彷彿那裡遍地真金，其實這種作為是與真正的財富背道而馳。當他們愈往深處尋找，便離真正的金礦愈遠，最可惜莫過於自以為順利攻頂了。我們本源的土壤裡沒有黃金嗎？不是有溪水流過我們本源的黃金山谷嗎？難道這溪水不是從無始以來至於今日，沖刷著閃閃發亮的微粒，形成小小的金塊？然而奇怪的是，若是有淘金客溜去我們週遭未開發、人跡罕至的地方，探勘到真金所在，不但不用怕別人有樣學樣，也不用擔心別人會想盡辦法取代他。

不管這塊地之前有沒有人開採，他甚至可以把整個山谷據為己有，恣意運用，餘生便盡情揮霍這些財富，反正也沒人來跟他搶。沒人會管他的淘金盤或淘金槽放哪裡，不像在澳洲那樣受限，淘金客想挖哪兒就挖哪兒，不受區區十二平方英尺的限制，整個世界的金都任他淘。郝伊特說，在澳洲本迪戈礦區有人發現二十八磅重的大金塊，沒多久後「他就開始酗酒，買了匹馬，到處閒晃，沒事就策馬疾馳，逢人就問對方知不知道他是何方神聖，然後好心告知對方：『老子正是那個找到黃金的傢伙！』後來他整個人去撞樹，腦袋差點開花。」我倒覺得他去撞樹沒什麼，因為他的腦袋早就被金塊給撞壞了。郝伊特還說：「這個人無可救藥。」但他代表一群想成為暴發戶的人。我聽說有的淘金地點還叫做「傻瓜地」、「惡人谷」呢！難道這些地名不帶一絲諷刺？隨這些人去吧，帶著不義之財去吧！我想他們的容身之處不是「惡人谷」就是「傻瓜地」吧！

要是行有餘力，還可以去巴拿馬地峽盜墓。這種活動尚屬新興行業，但是根據最新的資料，新格拉納達[6]國會二讀通過法令，規範類似的「開採」行為。此外，《論壇報》的特派記者寫道：「乾季時，只要天氣狀況適合探勘，就一定會找到更多有錢人的墳墓。」他給想移民過去的人的忠告是：「不要在十二月之前來，別走博卡德多羅[7]，務必取道巴拿馬地峽。不要帶無用的行李，也別帶帳篷礙事。務必帶上兩條夠暖的毛毯，最重要的是耐用的十字鎬、鐵鍬和斧頭，這樣就差不多了。」這些句子很像是從《殺人指南》摘錄下來的，文章末了，他特別用不同的字體強調：「如果你在家鄉混得不錯，就別來了！」我覺得他的意思應該是：「如果你在本國已經靠盜墓過得很爽，就把機會讓給別人吧！」

幹麼要花篇幅討論加州？因為加州是新英格蘭之子，是在新英格蘭教會和文化的薰陶下長大的。

不尋常的是，說教的人多，以身作則的人少；人老是拿先知的話替自己的作為開脫。可敬的長者智慧照亮整個世代，他們說話時笑容和藹，提醒我在進退之間用不著太客氣，總歸一句，就好好撈一筆吧！卑躬屈膝是我聽過最高招的建議。改革這種事吃力不討好，他們說：「這不值得你特別花時間去搞啦！不要問怎麼有薪水可以發，知道了也沒什麼好處，只會徒增反感……」諸如此類的話。但我認為人寧可挨餓，也不應在營生的過程中失去他的天真。世故之人若無天真善良的一面，那他不過是替魔鬼工作的天使罷了。年齡漸長，我們的生活也過得愈隨便，一點一滴地失去紀律，直到某一天，不再順從自己最寶貴的本能。不管那些更可悲的人怎麼嘲弄我們，我們都該努力保持清醒。

一般來說，科學與哲學也無法表達事物真實而純粹的樣貌。學科間的門戶之見已根深蒂固，彼此都自以為是；不管如何，唯有開始討論才能發覺問題的癥結。好巧不巧，原來肯恩博士[8]跟約翰富蘭克林爵士[9]都是共濟會的成員，但我發現肯恩博士搞不好是因為這樣才去搜尋約翰富蘭克林爵士的，現實真是血淋淋。收到孩童投書，若未加評論，國內沒有一家大眾雜誌社敢斗膽如實刊登。什麼都要神學博士審查才敢登，我看乾脆找山雀審稿算了。

擺脫肉體的限制，才能感受自然界的一切。只要稍加思考，就能感受全世界。

我沒有認識哪個受過教育的人有足夠的雅量與開放的態度，能讓別人講出自己內心的想法。多數的人，在我當他們的面批評某些組織時，他們會搖身一變成為那些組織的股東，只看得到自己的利益，這種觀察事物的方法很特殊，一點也不普遍。這些人以管窺天，不斷堅持自己狹隘的觀點，而你的前方卻沒有遮蔽物，天地盡收眼底。快掃掉礙眼的蜘蛛網，把窗戶刷一刷吧，該是時候睜開你雪亮的雙眼！有的公民講堂[10]已經投票決定，以後要講師避談宗教。但誰知道他們指的宗教是什麼？又怎麼判定講者所談的內容與宗教有多大的關聯？我曾走進講堂，並盡可能地敞開心胸談論我所體驗到的宗教，而聽眾也不曾質疑我所說的內容。我演講的內容真的人畜無害。不過，要是我念一段故事給他們聽，講史上最惡質的無賴，他們搞不好還會以為聽到了教會聖徒的事蹟。一般人比較想知道的是講者的背景、今後的計畫。終於有一次，我碰巧聽到有位聽眾問旁人一個比較關鍵的問題——演講的內容是什麼，真的還讓我偷偷感動了一下。

平心而論，我認識的優秀人士內心都不平靜，各自活在自己的世界裡。他們大多時候耽溺於外相，比其他人更入微地諂媚、研究這些表面效果。我們蓋房舍跟穀倉的時候，會挑花崗岩來打地基，用石頭砌圍牆；但是，我們自己卻沒有以真理為堅固的基礎，這磐石是初心，而我們卻任其崩壞。要是人不再保有他最純粹和精微的想法時，人如何能稱之為人呢？雖然這種行為實在沒禮貌又不恭敬，但我常常罵我身邊最聰明的友人把日子過得太隨便，因為我們沒有要求對方學粗人的坦白真心或學石頭的堅定可靠，只能說雙方都有錯，都怪彼此沒有常常互相砥礪。

最近全民瘋柯蘇特蔚為奇觀，不是我說，真的有夠膚淺的！這股熱潮只是別種形態的政治手腕或戲碼。全國各地都有人辦演講談柯蘇特，但大多只是從一般大眾的觀點泛泛而談，缺乏真知灼見。沒有人講道理。這些人只是一盤散沙，常彼此應聲附和，完全不知為何而戰；就像印度教的世界觀一樣，大象踩著一頭烏龜馱著世界，烏龜又站在蛇上，最底下的蛇則憑虛御風，毫無支撐。最後，這股全民瘋柯蘇特的結果就是寬邊帽當道。[11]

我們日常對話同樣大多空泛無益、流於形式。當我們的生活停止向內探索，不能獨處反思，談話就會淪為沒營養的閒聊。現在很難碰到沒看報紙、沒聽鄰居瞎扯的人；我們跟鄉親之間最大的差異大概只在於——他們有看過報紙或喝過下午茶，這些我們都沒參加。人的內心愈空虛，就愈常跑郵局，渴望新訊息。我沒唬你，你只要看哪個傢伙一邊帶著超多的信件走出郵局，一邊又對這麼多來信沾沾自喜，就表示這個可憐的人一定許久沒有傾聽自己內在的聲音了。

我覺得每週讀一次報紙太頻繁。我最近就實驗了一下，結果發現：讀太多新聞報導的話，會有好一段期間覺得自己根本就跟原生的地區脫節。陽光、白雲、雪花與樹木都不太跟我說話。所以說，人真的不能一心二用。若是想要富足充實地度過一整天，必須投入更多的心力去瞭解生活週遭的一切，才能享受。

我們平常淨講一些從報上讀來或聽來的事，真該害臊。我不懂知道這些雞毛蒜皮的消息要幹麼，不想想自己的抱負與期望怎麼都沒進展呢？我們接收到的大部份新聞都是舊聞了，只是煩死人的複述。我們常常忍不住想問，為什麼要把注意力放在大家都有過的特定經驗上，譬如說，事隔二十五年在人行道上偶遇舊識的故事？難道這個人在二十五年間都沒有做過其他事情值得報導的嗎？這就是現在所謂的每日新聞。新聞報導的事微不足道，就如同真菌的孢子一樣飄浮在大氣之中，入侵某些沒人注意的小地方，衝擊我們的心靈，以為孳衍的溫床，因而寄生其上。不要讓這類新聞玷污自己的心靈。要是我們的星球爆炸，而爆炸事件與我們的品行無涉，那後果又有什麼好怕的呢？對於這類事件我們還是沒有好奇心的好。人生不是閒閒沒事幹，找找樂子就罷。要是我，就不會跑去湊熱鬧。

你無意間錯過了從夏天直到深秋的報紙和新聞，反而發現早晨與夜晚，身旁都不乏新鮮的訊息。你所到之處充滿奇遇跟驚喜，因為你關心的不再是歐洲事務，而是發生在自家麻州田野間的趣事。如果你碰巧在那片讓你忘卻塵囂的田野間出入起居，或許乍看之下不如報紙上的消息來得有份量，但是卻讓你的生命富足。不過，若你關心的人事物太遙遠或太瑣碎，就會看不見眼前這片田野，也記不住、想不起田野的模樣。每天都靜下來欣賞日出日落，與萬物合一，就能常保心智清明。世上民族何其多，又算得了什麼？成群的韃靼人、匈奴人、中國人來了又去，就算歷史學家想讓他們的名聲不朽，依舊徒勞無功。無數的獨立個體組成了大千世界，而世上眾生芸芸，只因為真正的人還沒出現。有想法的人都會認同洛丹精靈的話：

　　我俯視世間諸國，
　　宛若塵土，
　　靜謐是我在雲間的寓所，
　　歡愉即是最佳憩息之處。[12]

祈求上天讓我們的人生不要跟愛斯基摩人一樣身不由己，被狗拉著跑，這些狗成天只會在山谷間橫衝直撞，彼此咬來咬去。

我常想到就覺得危險，自己的腦袋差點就被一些雞毛蒜皮的瑣事（馬路消息）攻陷，真是讓人捏一把冷汗。一方面我也被嚇到，大家竟然容許這些沒營養的東西塞進自己的腦袋，讓一些無謂的耳語跟最無聊的小事入侵我們的心靈，那裡應該是思想最神聖不可侵犯的基地。我們的心難道是公共場所，開放給街坊事務與閒言閒語進駐？還是我們的心是一處天堂、一座露天神廟——一個服事諸神的地方？因為要做有意義的事並不簡單，所以就別把力氣花在無關緊要的事情上。唯有神聖的心靈才能分得清楚事情的優先次序。大部份報上讀到的跟閒聊時聽來的消息都沒什麼意義。在這方面保持心靈純淨就很重要了。試想：怎麼能讓刑事法庭案件的哪個細節跑進我們的腦海裡，任其潛入聖幕[13]，冒犯天神一小時，甚至還更久咧！讓內心最深處成了酒吧，好像路上的灰塵把心給蒙蔽已久——這條路直通我們思想的聖殿，一路上往來交通、熙熙攘攘、塵土飛揚。這豈不是把理智與道德逼上絕路？我之前被迫去坐在法庭上好幾個小時旁聽案件，一直看到有鄰居自願進來旁聽，他們儀容整齊，躡手躡腳地滑進座位裡，在我看來，這些人一脫下帽子耳朵就突然擴大，變成兩片巨型的漏斗在收音，腦袋瓜夾在中間都嫌窄咧！他們的耳朵就跟風車的葉片一樣，把廣泛卻又表層的聲流都聽進去了，這些聲音在不太靈光的腦袋瓜裡興奮地繞了好幾圈之後，就從另一邊流出去。我不知道他們回家後會不會仔細地把耳朵給洗乾淨，跟來法庭前整理儀容一樣。對我而言，要是我可以在定讞前擅自主張，在這樣的狀況下，旁聽的、證人、陪審團、辯護律師、法官跟被關在欄杆後面的犯人，個個都有罪，我預料他們可能會遭天打雷劈。

用各式的防護措施與警語，以神聖的法則揭示的嚴懲來恫嚇，好把入侵我們內心至高聖殿的人事物驅逐。忘記慘事比記住無謂的事更難啊！假如我是水道，那我寧為山澗；當帕納塞斯山[14]間的小河，不作鎮裡的陰溝。諦聽天界的閒談，得到的是啟示；而聽酒吧跟治安法庭裡的八卦，只是知道俗氣又煩人的內情。有的沒的，都聽在同樣一對耳朵裡。唯有聽者的人品，才能決定什麼該聽，什麼可以跳過。我相信，習慣留心瑣事會玷污我們的心靈，以至於我們的思想染著了淺薄狹隘的色彩。我們的心智可以說是碎石子路，車來車往，路基為此四分五裂。要是你知道什麼造就最耐磨的路面，比石子路、雲杉木塊鋪成的路跟柏油路還耐用，只消看看自己就知道了，我們的頭腦受到瑣事蹂躪好久囉！

人非聖賢，孰能無過？要是我們因此褻慢了自己，就要小心謹慎，全心投入；再次自潔、奉獻自己，重建心靈的聖所。我們對待心靈、對待自己，要像守護著天真無邪的孩子一樣，並且留心要孩子把注意力放在什麼目標跟主題上。報紙不用天天讀，要讀的是永恆。因循苟且的結果跟污染自己的心靈一樣糟。就算是科學的事實也可能枯燥乏味，使心靈蒙塵，除非每天早上都多少捐棄一點成見，不然就讓新鮮的露水與活潑的真理來滋潤我們的心吧！知識的形成不是細節的累積，而是靈光乍現的恩惠。就像我們從龐貝古城街道的轍跡得知，當時道路的使用是如何頻繁，沒錯！每個閃過的念頭都是耗損與折磨，反覆刻劃著我們的心靈。我們是不是應該斟酌有那些事最好要瞭解一下——最好還是讓這些載著真理的手推車通過，就算只能小跑步或慢步當車，也要讓他們跨越壯麗的心靈之橋。我相信這座橋連接著時間最遙遠的邊界，通往永恆的彼岸！難道我們真的沒文化、沒有教養，只會渾噩度日，做做虧心事？為了贏得些微世俗的名利與自由做做樣子，好像只剩外表，沒有內涵？我們的體制不就像是那些發育不全的栗子：外表帶刺，內無果肉，只會扎人手指頭？

大家都說美國是戰場，自由之爭在此上演，當然此處所指的自由並非只是政治上的自由。雖說我們承認美國人已經脫離君主專制，但在經濟與道德的專制之下，美國人仍是暴政的奴隸。既然聯邦成立了，該是看顧內在私有領域的時刻了，就如古代羅馬元老院託付給執政官的任務，確保人民的私有領域不受侵害。

這片土地真的自由嗎？自由是脫離英王喬治三世的統治，讓偏見繼續橫行？怎麼會生而自由，活著卻處處受限？要是政治上的自由不能促成道德的自主，這種自由有什麼存在的意義？我們鼓吹的究竟是作為奴隸的自由，還是真正的自由？國內政客充斥，只會捍衛自由的皮相。或許要好幾代過後，美國才有可能存在真正的自由。我國的稅制不公，有人民沒有代表替自己在議會發聲，這種稅制實在不足以代表我們的立國精神。我們允許軍隊、允許各界蠢蛋跟混球進駐自己的國家；讓臃腫不堪的體制欺壓生靈，直到體制把人心消磨得一乾二淨。

談到教化與氣魄，我們基本上在這方面很小家子氣，作風不夠開明，還只是個鄉巴佬。因為沒有訂定自己的準則，我們舉止就不能大大方方，因為我們不熱愛真理本身，只熱中真理的表相。我們一心一意投入在經貿、製造業、農業這類議題上，這讓我們的行為偏差、眼光狹隘，忘了這些不過是手段，而非目的。

英國國會也沒開明到哪裡去，盡是些目光如豆的土包子，遇到要他們來解決愛爾蘭獨立這類重要的問題，他們就違背良知，只會說：「我還能怎麼辦呢？」他們的所作所為壓抑了自己的本性，接受過什麼「優良的教養」根本就不重要。拿世上最正經的禮數跟稍微出色的才智相比，這些繁文縟節便相形見絀，又拙又蠢。他們的舉止老派——宮廷作風、身著及膝緊身褲襪已是明日黃花！這些禮數是有優點，問題是它們的缺點卻讓英國人不斷失去品行；這些禮數只是卸下來的外衣或外殼，卻要求生靈才配得上的尊重。眼前的英國文化只見空殼不見肉，只有形式不見內涵，雖說有些魚類的殼比肉有價值，但也不能拿這理由開脫。就像我想認識一個人，他卻在我面前很用力地表現得彬彬有禮，把禮貌當成奇珍異寶，堅持要我看個明白。這絕非詩人戴克稱耶穌基督為「有史以來第一位真正的紳士」的用意，他所指的紳士「具有溫柔、隨和、耐心、謙卑和寧靜的靈魂」[15]。我重複這句話的意思是說，就算是基督教世界中最華麗的法庭，管轄的地區也有限，只處理得了阿爾卑斯山區以北人民的利益問題而已，羅馬那邊的事情不歸他管。我們需要的是有德而非虛有其表的人，只消這麼一位英明的裁判官或資深執政官[16]，便足以擺平英國國會跟美國國會百思卻不得其解的問題。

我以前覺得行政跟立法都是值得尊敬的專業。世界史上有過幾位擅長立法的天縱之才，如努瑪、萊克格斯與索倫[17]都是典範。反觀今日，竟然是制定法律「保護」蓄奴或菸草出口這種事！神聖的立法者跟菸草的進出口有什麼關係？仁人君子跟蓄奴又有什麼關係？假設你要找個上帝的子民來問問——結果上帝在十九世紀的今天，連個子民都沒有？上帝的子民滅絕了嗎？怎麼才能回復往昔？像維吉尼亞這種主要進口大宗菸草的州，最後的審判來臨時，會在上帝跟前說些什麼？這樣的州哪有激起人民愛國情操的理由？我說話有憑有據，資料都是各州公佈的統計數字來的。

所謂貿易就是航遍世界各地，物色堅果與葡萄乾，拿這個當理由把船員當奴隸使喚[18]。我知道就幾天前，有艘船失事，死了很多人，支離破碎的帆幔、整船的杜松子、苦杏仁漂盪在岸邊。為了運送整船的杜松子跟苦杏仁，冒著生命危險從萊亨[19]航行到紐約，真的很不值得。美國人跑到舊世界就為了進口苦味酒[20]的原料！難道海的鹹味、遭遇海難的痛，還沒苦到讓人跌落生命的苦海嗎？然而，這就是我們自豪無比的貿易。還有那些自詡為政治家跟哲學家的人根本就瞎了眼，竟以為正是這類的交換行為，才促成進步與文明的社會——蒼蠅不也是在裝著糖蜜的大木桶邊飛來飛去活動？真的很妙，所以就有人覺得，要是人是牡蠣就好了，這樣就淹不死；我覺得人要變成蚊子才妙，整天吸血吃飽飽。

政府派亨登中尉[21]去亞馬遜河流域探險，據說此行目的是為了拓展蓄奴的範圍。他發現「那裡的人都不怎麼勤快、也不積極，大家不知道有好日子可以過，也沒有任何人為的需求，促使他們開發國內豐富的資源」。但究竟是要鼓勵他們產生什麼「人為的需求」？我想，一定不是鼓勵他們迷上奢侈品；不是要他們像中尉家鄉維吉尼亞州的人一樣，喜歡菸草跟奴隸；也不是像在我們新英格蘭這兒需要冰、花崗岩等自然資源；更不是要他們愛上自家的土地，因為無論這塊地肥沃或貧瘠，卻造就了真正的人，這才是所謂一國最豐盛的資源。我到每個州都發現，當地居民的內心缺乏崇高、真誠的人生目標；這樣導致他們不斷往大自然開發「豐富的資源」，而最後把資源都給耗盡，而人類就又回歸天地。要是我們愛文明勝過馬鈴薯，愛啟發勝過蜜餞，就會發掘出世界上最豐富的資源；最豐盛的成果不是奴隸抑或工人，而是真正的人，他們是稀罕的人類——英雄、聖人、詩人、哲學家和救世主是他們的名字。

簡言之，沒有風吹的地方就會有積雪，沒有真理的地方就會有體制出現；但是真理還是會像風一樣吹過體制，而體制最終也將崩解。

相較之下，所謂的政治就非常表面又沒人性，因此我實際上也從不覺得自己跟政治有任何關聯。我發現報紙常有版面，免費報導政治或政府的新聞；你可能會說，就是這樣，報紙才有人讀。然而我熱愛文學、也熱愛真理，我至少從未讀過這些報導，因為我不希望讓自己的判斷力變得太遲鈍。我沒有責任一定要去讀總統文告。這些年，什麼光怪陸離的事都有，帝國、王國、共和國都下鄉尋求平民百姓的支持，一有人靠近，就吐起苦水來。每次打開報紙就會看到又有某個惡劣的政府搖搖欲墜，拼命拜託我這讀者把票投給它，死纏爛打的程度與義大利的乞丐相比，有過之而無不及。要是我想要鑑定一下這個政府，就會有哪個好心的店家夥計或是船長跳出來替它背書，因政府根本交代不清，我還可能會讀到一些似是而非的理由，比如，都是因為維蘇威火山爆發、波河某個流域氾濫，政府才會落得今天這個下場。這種狀況下，我連想都不用想，就建議他們要麼付諸行動或住到救濟院，要麼就學我一般的做法，乖乖閉上嘴巴。總統也很可憐，為了兼顧聲望與職責，整個人都錯亂了。如今報社坐大；政府的運作也只剩下獨立要塞附近的一點海軍。如果有人沒每天讀報，政府會跪求他讀，因為這是現今唯一的叛國罪。

現在人都很注意政治跟每日的例行公事，雖說它們對人類社會的運轉很重要，但是應該像身體的自然機制一樣，在不知不覺中運作才好。就如植物能自然生長，這些功能是人體的基礎。我常常若有若無地意識到這些機制影響了我的生活，就像生病的時候感覺到消化出問題，結果就是所謂的消化不良。就如思想家讓自己在宇宙萬物的胃裡來回攪動，政治可以說是社會的胃，胃裡盡是沙礫跟碎石；而兩個政黨就如這個胃裡對立的兩半，有時甚或四碎，彼此摩擦碰撞。這不僅證實了個人會消化不良、國家也會，不難想像國家會怎麼狡辯。我們一生不是用來遺忘，唉！怎麼說，應該大多時候是用來記住，特別是清醒時刻，要記住有些事物不用費心覺察。我們可以不要老像個患胃病的人，一早見面就抱怨前一天晚上睡得多差嗎？為什麼不無病無痛地向彼此道早安呢？我這個要求不過份，真的不過份。

譯註

公民不服從

1 皮芭蒂（Elizabeth Peabody, 1804-1894）是美國的教育家，創辦了第一所英語幼稚園，開書店，當編輯，還是第一個把《妙法蓮華經》從法文翻譯成英文的人。

2 這句話可能是來自《美國民主評論雜誌》（*United States Magazine and Democratic Review*, 1837-1859）的刊頭語，或愛默生（Ralph Waldo Emerson, 1803-1882）的文章〈政治〉（Politics, 1844）。

3 常備軍（standing army）是隸屬於國家或政治集團的專業軍隊，由職業軍人組成，就算是和平時期也不會解散。

4 美墨戰爭（1846-1848）是美國與墨西哥為邊界爭議引發的戰爭，當時大多數的美國人認為擴展領土是「天命」（Manifest Destiny）。廢奴人士則認為美墨戰爭是美國為了延伸蓄奴的範圍，才極力入侵墨西哥。戰時，美軍入侵墨西哥，佔領首都，最後把

沒有原則的生活

1 提摩西·德斯特爵士（Lord Timothy Dexter, 1748-1806），麻州紐伯理波特人，為梭羅同時代著名的商人。他自美國獨立戰爭以來，靠沿海口岸的貿易起家致富。他以獨特的做生意方式和古怪的行為著稱，當時英國上流社交圈的成員都拒絕與他往來。

2 桂冠詩人是英國王宮朝廷所聘請的詩人，具有官方身分。桂冠詩人的工作包括替英王誕辰時撰頌詩歌，在國家重大慶典時創作詩章等。

3 梭羅讀到的應該是威京斯（Charles Wilkins, 1749-1836）所譯的十二世紀梵文寓言故事集《悉多帕德沙》（*Hitopadesha*）第二章的第一則故事〈公牛、兩隻豺狼與獅子〉中的一段話。

4 加州淘金熱（California Gold Rush）始於一八四八年，當時梭羅二十九歲，是他當代的大事件。新聞報導加州有黃金之後，吸引了很多為了逃避天天在

現今的加州、內華達州、猶他州、大部份的亞歷桑那州與新墨西哥州地區、部份科羅拉多州及懷厄明州佔為己有。

5 這裡指的橡膠是熱帶植物的膠乳做的，原料來自西印度群島，而早期橡膠（rubber）這個字是橡皮擦的意思。

6 當時麻州有很多無政府主義者。

7 愛爾蘭詩人吳爾福（Charles Wolfe, 1791-1823）的詩〈科隆那戰役後，約翰·摩爾先生的葬禮〉（The Burial of Sir John Moore after Corunna）。

8 此處說堵住洞口擋風的人是指維護法律的團體，警長的民兵團。

9 莎翁名劇《約翰王》（*King John*）第五幕第二場。

10 一七七五年，美國革命在康科德（Concord）和萊克星頓（Lexington）起義。

11 自一四九二年以來，北美洲成為歐洲的殖民地。一七六三年，英國成為北美洲殖民地的霸主。北美洲殖民地漸漸不再需要英國的保護。然而英國為了

工廠做苦工或在家鄉不得溫飽的淘金客，他們從美國本土與世界各地湧進加州，約有三十萬人加入淘金的行列，但是因而致富的人少之又少。

5 威廉·郝伊特（William Howitt, 1792-1879），英國作家及詩人，貴格會信徒。他曾在一八五二年六月與其兩子搭船前往澳洲，在當地礦區待了兩年，並在一八五四年（梭羅發表本篇演說的同年）出版了 *A Boy's Adventures in the Wilds of Australia*，此後接連出版兩本同類主題的書 *Land, Labor and Gold; or, Two Years in Victoria* (1855) 以及 *Tallangetta, the Squatter's Home* (1857)。

6 新格拉納達共和國（Republic of New Granada, 1831-1856），所在地涵蓋今天的哥倫比亞和巴拿馬兩國。

7 博卡德多羅（Boca del Toro）路線是替代巴拿馬地峽通往太平洋的另一航線。

8 肯恩博士（Elisha Kent Kane, 1820-1857）美國海軍的助醫官，在一八五〇至一八五一年間，肯恩參加

壟斷利益，向殖民地徵稅，開徵項目如糖、咖啡、酒等商品。一七六六年又對殖民地需求量較大的商品（玻璃製品、紙張、鉛、顏料、茶、糖、蘭姆酒、鐵、棉花等）開徵高額關稅。在這樣的背景下，北美洲各殖民地針對英國與殖民地之間的關係展開了激烈的討論，主流觀點認為宗主國無權向殖民地徵稅、剝奪殖民地的權利和自由，因此發動革命。梭羅認為上述反抗當時英國政府的理由並不充足，因為那些舶來品並非生活必需品。他自己是不喝茶、咖啡的人，力行簡單生活。

12 梭羅這裡是指美國本土蓄奴，墨西哥受美國侵略。

13 裴利（William Paley, 1743-1805）是英國神學家、哲學家，此句摘自《道德與政治哲學原則》（*Principals of Moral and Political Philosophy*, 1785）的第六部第三章。

14《聖經》〈馬太福音10:30〉：「因為凡要救自己生命的，必喪失生命。」

15 透爾納（Cyril Tourneur, 1575-1626）是英王詹姆士

了德哈文（Edwin Jesse De Haven, 1816-1865）的遠征計畫，尋找約翰富蘭克林爵士探險隊的生還者。一八五三年五月肯恩還帶領了第二次的遠征計畫，並在路程中受困在格陵蘭和加拿大之間的浮冰，但最後他破冰而出，回到格陵蘭，肯恩因此成為舉國矚目的英雄。

9 約翰富蘭克林爵士（Sir John Franklin, 1786-1847）是英國的北極探險家，在航行加拿大西北航道、遠征北極的過程中失蹤。

10 梭羅時代的公民講堂（Lyceum）是非官方的課程網絡，通常是比較小的城鎮才有，專業的講者會去發表演說。梭羅替康科德的公民講堂安排講者，後來自己也在那裡演講。

11 柯蘇特（Lajos Kossu-h, 1802-1894）匈牙利民族解放運動領袖，革命失敗後流亡美國。在英、美大受推崇，被喻為自由的鬥士、民主的先驅。當時柯蘇特帶著寬邊帽蔚為流行，又稱做柯蘇特帽。

12 麥克富森（James Macpherson, 1736-1796）的《我

一世時期著名的劇作家，梭羅引其作品《復仇者的悲劇》（*The Revenger's Tragedy*）一劇中的臺詞。

16 《聖經》〈歌林多前書5:6〉：「你們這自誇是不好的。豈不知一點麵酵能使全糰發起來嗎？」

17 此處指的是一八四八年美國民主黨提名的總統參選人凱斯（Lewis Case）。後來是輝格黨的泰勒（Zachary Taylor）勝出，擔任美國第十二任總統。

18 在此是指美國祕密共濟會會員獨立會（Independent Order of Odd Fellows）的成員，該組織源自於十八世紀中的英國，十九世紀初在美國成立，會名加上了獨立（Independent）一字以示區別，該會旨在行善濟貧。

19 這裡的互助保險公司（Mutual InsuranceCompany）是保險概念的原型，發源於十八世紀中的美國。它跟現在的保險公司不同，主要的股東就是保戶，因此沒有短期獲利的壓力，缺點是集資困難。

20 當時「有奴隸主的一天，就不會有聯邦」（No Union with Slaveholders）是廢奴的口號，因此梭羅才說，

相詩集》（*The Poems of Ossian*, 1790）。

13 在《舊約聖經》〈出埃及記〉中提到聖幕，又稱至聖所，是人類在出埃及時供上帝聖靈的住所，以帳幕、布幔搭建，可以帶著走。

14 帕納塞斯山（Mount Parnassus）是希臘神話中繆思女神的家。

15 戴　克（Thomas Decker 或 Thomas Dekker, 約1572-1638），英國劇作家。

16 這裡的裁判官（prætor）與資深執政官（proconsul）分別是古羅馬與羅馬共和國時期的官職，權力很大，常往來各地、各行省解決紛爭。

17 努瑪（Numa Pompilius, 西元前715-672），傳說中羅馬的第二任皇帝。萊克格斯（Lycurgus, 約西元前390-325），雅典政治家和演說家。索倫（Solon, 約西元前638-558），雅典立法者和詩人。

18 通常奴隸船都需要很多船員，因為要管理船上的奴隸，而奴隸數目少則一百，動輒七百，船員相當辛苦。

把槍口對準聯邦，要解散聯邦，倒不如先解散自家州政府。

21 哥白尼（Nicolas Copernicus, 1473-1543）是歐洲文藝復興時期波蘭天文學家。他把《天體運行論》（*On the Revolutions*, 1543）獻給教宗保祿三世，去世前才發表。只是不同梭羅所說的，他並沒有被逐出教會。

22 馬丁路德（Martin Luther, 1483-1546）神聖羅馬帝國時期的教士，宗教改革領袖。他被羅馬教會定罪，逐出教會。

23 豪爾（Samuel Hoar, 1778-1856）是康科德人，被麻州的立法機構派到南卡羅萊納抗議扣押自由的黑人船員，南卡羅萊納州當局請他離開。

24 《聖經》〈馬太福音22:19-22〉。

25 人頭稅（head tax）又稱投票稅（poll tax），是指每一個人繳的稅都定額、相同，跟現在依照百分比繳稅不同。在十九世紀時，美國某些地區，有繳此稅才有資格投票。

19 利佛諾（Livorno）是義大利重要的港口城市，英國人稱作萊亨（Leghorn）。

20 苦味酒（bitters）是一種用草藥或香草製成的酒，常常在餐後飲用幫助消化。杜松子跟苦杏仁都可以用來釀酒。

21 亨登中尉，全名威廉·亨登（William L. Herndon, 1813-1857），美國海軍指揮官，曾在一八五一年四月到次年間航行於秘魯到巴西間的亞馬遜河，並在後年出版他的探險報告。

26 奧菲斯（Orpheus）是希臘神話中的詩人和歌手，善於彈奏里拉（一種撥弦樂器），據說他的琴音能讓頑石點頭。最有的名的故事是，他的妻子被毒蛇咬死後，他追到陰間，冥王受其琴音感動，答應讓他把妻子帶回人間，條件是他在路上不得回頭。將近地面時，他回頭看妻子是否跟著，讓妻子又墜入陰間。

27 出自《阿爾卡薩之戰》（*Battle of Alcazar*），作者是英國劇作家皮爾（George Peele, 1556-1596）。

28 韋伯斯特（Daniel Webster, 1782-1852）是美國知名的演說家、政治人物、律師，反對美墨戰爭，但卻支持《一八五〇年蓄奴協定》，被反蓄奴人士痛批。他在南北戰爭期間是麻州的參議員，擔任過三位總統的國務卿。

29 梭羅在演講時並未引述這些話，是日後在文字稿中才插入的。引自韋伯斯特在參議院所發表的演說。

公民，不服從！

梭羅最後的演講

作　　者　亨利·梭羅
譯　　者　劉粹倫
校　　譯　林欣儀、劉美玉
企　　畫　陳玟如、鄭慧真
美術設計　方法原創 way2creative.com
總 編 輯　劉粹倫
發 行 人　劉子超
出 版 者　紅桌文化／左守創作有限公司
地　　址　10464臺北市中山區大直街117號5樓
電　　話　02-2532-4986
讀者信箱　undertablepress@gmail.com
經 銷 商　高寶書版集團
地　　址　11493臺北市內湖區洲子街88號3樓
電　　話　02-2799-2788
I S B N　978-986-87809-1-0
初版一刷　2012年10月
定　　價　新臺幣280元

臺灣印製

Civil Disobedience & Life without Principle
by Henry David Thoreau

Printed in Taiwan

公民，不服從！- 梭羅最後的演講
譯自 Civil Disobedience, Life without Principle
梭羅（Henry David Thoreau）著；劉粹倫譯
- 初版 - 臺北市：紅桌文化，左守創作，2012.10
面；公分 ISBN 978-986-87809-1-0（平裝）
874.6　101018216